聲優廣播的幕前幕後

#04 夕陽與夜澄想幫上忙？

在旅行期間學習如何變要好吧。
這就是所謂的校外教學！

有人懷疑我們「該不會其實感情很差？」。
好像是為了反駁這些說法，才擬定了這個企畫……

二月 公  插畫／さばみぞれ

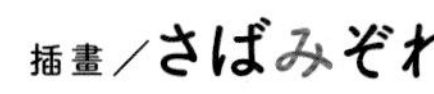

盛開的櫻花持續綻放，

春天般的笑容

在此降臨——

在新一代的年輕聲優中，櫻並木乙女小姐的人氣可說是數一數二地高。

許多人似乎是透過演技或歌聲得知她的存在——

然後受到她的性格吸引，就這樣成了粉絲。

身為藝人的人氣也非常高，

在新專輯的帶動下，春天的演唱會也受到極大的關注！

我們將針對新歌與對演唱會的想法，對她進行長篇訪談！

啊！是長頸鹿！
夜，妳有看過
真的長頸鹿嗎？
這裡有長頸鹿喔！
校外教學的外景in上野動物園！
SCENE #01

……真受不了妳，
我知道了啦。

「——因為最後一集還沒播。」
「嘿嘿……謝、謝謝誇獎……」
在前輩家開火鍋派對！
SCENE #02

「花火！」
「在網路上成為話題時，
她還哭著大喊『夜夜總算獲得認同了』呢。」

應該說是覺得我們感情真的很差，所以也無可奈何。
夕陽與夜澄的高中生廣播！
YUHI to YASUMI no KOUKOUSEI RADIO!
不如說大家應該多誇獎我，居然有辦法跟這隻猴子一起工作這麼久。

聲優廣播的幕前幕後

#04 夕陽與夜澄想幫上忙？

二月 公

插畫／さばみぞれ

Kadokawa Fantastic Novels

On Air List

第47回　～夕陽與夜澄與校外教學～

第48回　～夕陽與夜澄亂了步調？～

第49回　～夕陽與夜澄與火鍋派對～

第50回　～夕陽與夜澄與失蹤的前輩～

第51回　～夕陽與夜澄想要傳達？～

第52回　～夕陽與夜澄想幫上忙～

聲優廣播的幕前幕後

「…………」

柚日咲芽玖瑠摸著自己的肚子，覺得有點餓。

她正躺在自己家裡的床上，心不在焉地滑著智慧手機。

肚子突然叫了一下。時間即將來到晚上十二點。

今晚有現場直播的工作，所以她很早就吃晚餐了。而且吃得不多。

所以她才會在這時候就覺得肚子餓。

「不行……這時間吃東西會胖……絕對會變胖……」

她翻了一個身嘟囔道。

再來就只剩睡覺了。雖然想吃東西，但必須忍耐。不忍不行。

就在她忍著不吃東西時，手機收到了一則訊息。

芽玖瑠心想一定是花火傳的——確認過後，發現果然如此。

螢幕上顯示出簡短的訊息內容。

『好想吃拉麵喔～』

訊息後面還附上一張圖片。

是豚骨拉麵的照片。

兩人前陣子工作結束後，一起去吃某間知名拉麵店，這是當時拍的照片。

高雅的白色湯頭、晶瑩剔透的細麵，還有青蔥、叉燒、滷蛋……

芽玖瑠一看見這張照片，就立刻回想起那碗拉麵的味道。

「居然偏偏挑這個時候……那個卑鄙小人……」

芽玖瑠擺動著雙腳抱怨。居然在深夜傳這種照片。

簡直就像是看穿了這邊肚子餓的時間。

芽玖瑠抬起上半身，低頭審視自己。

毛茸茸的睡衣溫暖地包覆著嬌小的身軀。

她已經卸完妝、悠閒地泡過澡並刷好牙了，睡覺的準備已經完成。

芽玖瑠嘆了口氣，回覆花火的訊息。

『叢雲嗎？』

『就是叢雲。』

『現在嗎？』

『就是現在。』

『我準備一下。』

『太好啦！』

芽玖瑠簡短回覆完後，立即下床。

她在睡衣上披了一件大衣，隨手將錢包、鑰匙和手機塞進口袋裡。戴口罩的時候，傳來有人敲打牆壁的聲音。

芽玖瑠敲了幾下牆壁回應後，直接走出家門。

公寓的走廊上沒有其他人。因為時間已經接近深夜，周圍一片寧靜。

然而，有人打開隔壁房間的門走了出來。

是一位年輕女子。

她的身材修長苗條。隨意綁起來的頭髮，與她直爽的風格相當契合。雖然她無疑是個美女，卻不像一般的美女那樣讓人覺得難以親近。暢快的笑容，讓人看了就感到放心。

芽玖瑠覺得女子就像隻優雅的黃金獵犬。

她披著一件灰色的牛角釦大衣，但底下是睡衣，臉上也完全沒化妝。看起來就只是在房間裡隨手拿了一件大衣來穿。

女子以芽玖瑠熟悉的打扮笑著朝這裡揮手。

芽玖瑠回應後，將門鎖上。

女子叫夜祭花火，和芽玖瑠一樣隸屬於演藝經紀公司藍王冠。

她和芽玖瑠一樣是聲優。

兩人是同一間經紀公司的同期，她們共同擔任「芽玖瑠與花火的我們是同期，有事

嗎？」的廣播主持人，並經常一起接工作。大眾已經將她們視為一對搭檔。

花火扣起大衣，用口罩遮住沒化妝的臉。

兩人一起走在冷清的走廊上。像這樣並肩走在一起時，身高的差距就變得十分明顯。

芽玖瑠摸著肚子低喃：

「這時間吃拉麵，真的好有罪惡感……花火，傳那張照片也太卑鄙了吧。」

「因為我覺得妳看了那張照片就會願意出門。別在意啦。深夜的拉麵就是因為充滿了罪惡的味道，才會那麼好吃吧。」

「真的是罪孽深重……絕對會變胖。」

「芽玖瑠都是從胸部開始胖，所以比較沒影響吧。哪像我都是從肚子開始胖。」

「我確實很感謝媽媽給我這種體質，但花火原本就不太會胖吧。」

兩人小聲聊天，以免吵到鄰居。

之所以用藝名稱呼彼此，是為了避免正式上場時不小心說出對方的本名。

她們當然知道彼此的本名，但平常沒什麼機會用到。

走出公寓後，冰冷的空氣讓兩人縮起身子。

隆冬的夜晚，自然是非常寒冷。

「嗚～好冷～」

花火將雙手放進口袋，俯身前進。

芽玖瑠也一樣，兩人快步走在夜晚的街道上。

月亮高掛夜空，星星也很漂亮。

兩人走過看不見其他人影，只有路燈燈光的道路。

「天氣這麼冷，會讓人想吃火鍋呢……芽玖瑠，下次來煮火鍋吧。我想吃火鍋。」

「明明接下來要去吃拉麵，幹嘛要提起火鍋啊。我是無所謂啦……妳想吃哪一種？雞湯、泡菜、番茄還是相撲火鍋……」

就在兩人討論著要吃哪種火鍋時，已經抵達了目的地。

這間拉麵店「叢雲」，從她們的住處走路只要幾分鐘就會到。

因為這間店開到凌晨兩點，兩人宵夜想吃拉麵時都會來這裡光顧。

一打開門，溫暖的空氣和店員「歡迎光臨，請自由入座」的招呼聲就迎面而來。兩人直接在吧檯找位子坐下。

芽玖瑠翻著菜單，一下子就決定好要吃什麼。

花火也很快就做好決定，看向這裡。

在跟店員點餐前，必須先確認一件事。

「要點煎餃嗎？」

「啊，我有優惠券，就點一份吧。不好意思～」

店員很快就過來了，芽玖瑠先開口點餐。

「呃～我要一份豚骨拉麵，麵硬一點。」

「我要大碗味噌拉麵和炒飯，還要加點一份煎餃。」

店員活力十足地回應完後，就返回廚房。

「妳不是想吃豚骨拉麵嗎？」

「我看了菜單後，就換想吃味噌了。」

兩人在說話的同時，俐落地準備免洗筷和沾煎餃的醬料與辣油。

此時，花火若無其事地說出不得了的話。

「話說芽玖瑠，妳聽說了嗎？我們好像被找去當『高中生廣播！』的來賓了。」

芽玖瑠一聽見這句話，就露骨地皺起眉頭。

花火笑著說「看妳這個表情應該是已經聽說了」。

「……是DVD的企畫吧。要出兩天一夜的外景。與其參加別人的節目，我更想在『我同』出外景。那樣絕對比較有趣。」

「芽玖瑠與花火的我們是同期，有事嗎？」，簡稱「我同」。

這是芽玖瑠和花火主持的長壽節目，目前已經播了超過兩百五十集。

不僅出過好幾片DVD，銷售成績也很不錯。

芽玖瑠比較想單獨和花火一起出外景。更重要的是——

「又～要被愚蠢的後輩利用了。我受夠了。」

她大大嘆了口氣。

歌種夜澄和夕暮夕陽是對邪惡的組合。

她們害芽玖瑠吃了不少苦頭。

她多次被迫幫她們收拾善後，這次還要被她們的節目利用。

真是太煩人了。

「算了啦。我們好歹是同一間經紀公司的前輩，就當作是幫可愛的後輩一個忙……啊，來了！」

芽玖瑠與花火聊到一半時，店員喊著「久等了」並替兩人上菜。

拉麵一上桌，剛才的陰沉氣氛就立刻煙消雲散。

升騰的熱氣中帶著豚骨的香氣。令人食指大動的白色高湯裡放著金黃色的麵條，裝飾在中央的青蔥看起來十分耀眼。有木耳這點也讓人很開心。

因為肚子開始發出飢餓的聲響，芽玖瑠與花火一起雙手合掌，準備開動。

一用筷子撈起麵條，就釋放出更多熱氣。芽玖瑠將細麵吹涼後，大口吸麵。

伴隨著豪邁的吸麵聲，硬度適中的麵條進入口中。

滋味十足的麵條，讓人咀嚼得欲罷不能。

接著喝一口湯，口腔裡立刻充滿豚骨的味道。

接下來好一段時間，兩人都專注地享用拉麵。吃到一個段落後，兩人交換彼此的碗。

芽玖瑠先吃一口味噌拉麵，然後喝湯。花火也採取了相同的行動。

「嗯……味噌也很好吃……我下次要點這個。」

「那我就點豚骨吧。」

兩人說完後，將碗換了回來。

芽玖瑠決定趁這個時候說清楚。

「花火，我必須訂正一件事，她們才不是什麼可愛的後輩。不如說是可恨的後輩。她們是敵人啊。」

「妳在說什麼啊～不需要像這樣特別訂正吧。」

花火笑著說完後，將目標轉向煎餃。

她一臉幸福地吃著煎餃，然後繼續說道：

「芽玖瑠，感覺妳好像很在意她們呢。啊，是以前輩聲優的角度喔。」

芽玖瑠的手瞬間僵住。

花火大口吃著炒飯，看起來非常滿足。

芽玖瑠之所以沒有立刻反駁，是因為她對這點也有所自覺。

她至今都一直和花火以外的聲優保持適當距離。

從來不曾和其他人發展出工作夥伴以上的關係。

作為一個聲優和粉絲，她總是遵守著自己的界線，絕對不會親近別人。

但那兩人主動打破了這道隔閡。

她們察覺柚日咲芽玖瑠的真面目，並藉此和她變得要好。

令人困擾的是，在被對方得知自己的本性後，芽玖瑠也難免變得鬆懈。

歌種夜澄就像隻愛撒嬌的狗。

她會開心地靠過來，用閃閃發亮的眼神傳達「我們來玩吧」的訊息。芽玖瑠十分能夠理解別人為何會想疼愛她，甚至理解到了火大的地步。

夕暮夕陽則是像隻高貴的貓。

她孤傲又美麗，同時敏感到讓人覺得脆弱。一臉從容地走在圍牆上時，還會可愛地滑倒。許多大人最後還是會覺得她可愛。

而且一定會被她吸引。

但芽玖瑠無法認同她們。

那兩個人做了超出聲優底線的事情。

身為前輩聲優，芽玖瑠甚至可以說是厭惡她們。

「……花火，妳誤會了吧。我並沒有在意她們，我是討厭她們。我只喜歡她們在螢幕上的樣子。」

芽玖瑠是以粉絲的身分喜歡她們，但作為一個聲優，她討厭她們。

芽玖瑠不悅地說完後，花火摸著她的肩膀道歉。

「炒飯很好吃喔，妳也吃一點看看。」

花火將湯匙遞了過來。

芽玖瑠嚐了一口後，發現確實很好吃。

「……媽媽，妳現在有空嗎？」

渡邊千佳向正在客廳看新聞的母親問道。

母親回頭時眼神銳利，臉上不帶一絲笑容。她冷淡地回答：

「什麼事？感覺不是什麼令人開心的話題。」

被她說中了。

畢竟每次千佳像這樣主動開啟話題時，都不會是什麼令人開心的事情。

千佳從母親身上別開視線，冷淡地說道：

「我接了一個兩天一夜的廣播工作，所以先跟妳說一聲。出發的日期是——」

千佳一併傳達了工作的內容和日期。

母親用嚴厲的聲音打斷她。

「這種時候應該是要找我商量吧？問我可不可以去。」

氣氛瞬間變得緊繃。

母親直到現在依然不喜歡千佳從事聲優的工作。所以她應該不想讓女兒去吧。

此外，她也不樂見還是高中生的千佳外宿。

話雖如此，這只是報告，不是商量。

即使母親叫千佳不要去，她也不會乖乖聽話。因為這是工作。

母親看見千佳的態度後，嘆了口氣。

「別擺出那種表情。我又不是不准妳去。既然是工作，那我也沒打算阻止妳。」

雖然不太情願，但母親似乎沒打算制止。

不管怎麼說，千佳還是很高興能獲得許可。這樣心情上會輕鬆不少。

「……那就這樣了。」

該說的事情都說完了。就在千佳準備直接回房間時，背後傳來一道嚴厲的聲音。

「千佳，等一下。」

聲音的語氣，讓千佳嚇了一跳。

如果現在回頭，應該會看見母親嚴峻的表情吧。

她瞪著千佳，緩緩開口：

「……真的是為了工作外宿吧？不是出去約會吧。我絕對不允許妳那麼做喔。」

「………………………妳要不要自己去跟經紀公司確認？」

「我會這麼做的。」

還真的會啊……

就在千佳心想「真是的，隨妳高興吧」時……母親又說了一句讓人難以忽視的話。

「保險起見，我也會問一下由美子妹妹。」

「！喂！別這樣啦！」

「妳、妳！該不會……！已經和經紀公司套好話了……！但因為還沒和由美子妹妹講好，才不准我問她……！」

「才不是這樣！我只是不想妳因為這種難為情的理由聯絡她！話說回來，為什麼妳會有佐藤的聯絡資訊啊！」

「媽媽。我接下來有一個兩天一夜的工作，可以嗎？」

「嗯～？是嗎？辛苦妳了。由美子真辛苦呢。是要去哪裡？要記得買禮物回來喔～」

「禮物……我是很想買啦。可是媽媽，妳聽我說。我要去的地方是——」

「客人，已經到嘍。」

「嗯……？啊，對、對不起……請問多少錢……？不好意思，請給我收據……」

櫻並木乙女走下計程車，揉了揉睡眼惺忪的眼睛。

她在回家的計程車上回覆經紀公司的信件，但似乎回到一半就睡著了。覺得頭暈的乙女動作緩慢地穿過公寓大門。

她剛參加完現場直播的節目，離開錄音室時已經是十二點以後的事情了。

明天一早就有工作。必須快點把事情處理完，早點上床睡覺才行。

回覆郵件、熟讀今天收到的劇本、看影片對臺詞、確認試鏡，話說雜誌採訪的截止日期是到什麼時候……

「啊……」

等回過神時，電梯已經到指定的樓層。乙女踩著沉重的步伐回房間。

她走進漆黑的房間，打開電燈。

回到家後，她總算鬆了口氣。

「先去洗澡……啊，晚餐。晚餐……我有吃晚餐嗎……？」

乙女摸著肚子走在走廊上。她不記得自己有沒有吃晚餐。

既然肚子不餓，應該是吃過了吧。

「唉……」

她精疲力竭地坐在床上，然後就再也動不了了。

蔓延全身的疲勞強烈宣示自己的存在。她發著呆，完全不想思考。

好想就這樣睡著。

明明今天已經從早到晚都在工作，回家後卻還不能休息。

即使拚命完成剩下的工作，明天依然一大早就得出門。

眼前變得一片黑暗。她一直過著這樣的生活，而且還會持續下去。下次休假是什麼時候？上次休假又是什麼時候的事情了……

「……啊。不行不行，不可以沮喪。有工作可以接應該要開心才對……如果不工作，我一定馬上就會……」

乙女拍了幾下自己的臉頰，下定決心起身。

總之先去洗澡吧。卸妝，然後——

NOW ON AIR!!

「夕陽與！」

「夜澄的！」

「「高中生廣播！」」

「大家早安，我是夕暮夕陽。」

「大家早安～我是歌種夜澄。」

「這個節目是由碰巧就讀同一間高中，又剛好同班的我們兩人，將教室的氛圍傳遞給各位聽眾的廣播節目。」

「是的。話說～今天馬上要跟各位報告一個消息。『夕陽與夜澄的高中生廣播！』，居然可喜可賀地決定要發售DVD了！請大家拍手！」

「標題是『夕陽與夜澄的高中生廣播！　校外教學篇』。內容收錄了全新拍攝的兩天一夜的外景企畫。」

「這次的外景企畫，主題是『學習變得要好！』。」

「從以前開始就偶爾會有聽眾懷疑『該不會妳們其實感情很差吧』，這次的企畫就是為了駁斥這樣的意見。」

「不過，如果我們單純只是出外景，氣氛也不會改變吧。各位放心！我們有找來賓。」

「我們邀請了兩位關係出了名的要好的聲優——柚日咲芽玖瑠小姐和花火小姐。」

「在旅行的過程中向兩人學習如何變得要好。這就是所謂的校外教學！……事情就是這樣。以上都是照劇本唸的臺詞。順帶一提，我們已經拍完外景

了。」

「是的。我覺得這個企畫真的有問題。這個企畫是用來反駁我們感情很差的說法吧？結果卻要我們『學習如何變要好！』。這根本就是承認我們感情很差吧。」

「沒錯。與其說是掩飾得很失敗，不如說是覺得我們感情本來就很差，所以也無可奈何。」

「不如說大家應該多誇獎我，居然有辦法跟這隻猴子一起工作這麼久。」

「啥？我才想這麼說呢。妳怎麼講得好像是妳在配合我？妳就是因為無法配合別人才這麼陰沉吧？妳忘了自己的屬性是黑暗、虛無和紛爭嗎？」

「妳才是只會配合特定的人種。如果聽到音樂時沒跳舞，就會被你們流放吧？而且你們還認為只要說

別人『真不配合～』，就能夠揍人吧。真的是一群野蠻民族。」

「出現了，被害妄想～可以不要一看到我們跳舞，就自顧自地以為會被打而怕得要死嗎？這已經算是一種騷擾了。陰沉騷擾，簡稱陰騷擾。」

「妳想做的事情才是跟傳統的酒局文化差不多吧。快點去推特上抱怨年輕人，然後被人罵翻吧。」

「這傢伙……話說在前頭，那些時候通常——」

夕陽與夜澄的高中生廣播！
YUHI to YASUMI no KOUKOUSEI RADIO!

to be continued……

「嗯。我最近覺得應該要做一些變化。」

錄廣播前，慣例要進行事前討論。

坐在桌子對面的編劇朝加美玲，一臉嚴肅地如此說道。

她將瀏海綁起來，完全露出來的額頭上貼著退熱貼。她沒有化妝，直接露出眼睛底下的黑眼圈，身上還穿著整套運動服，讓人懷疑她是不是準備要去睡了。

不過，這就是她平常的樣子。她現在也在認真工作。

佐藤由美子看向一旁的千佳。

千佳也正看向這裡。

雖然兩人都穿著學校制服，但給人的印象完全相反。

千佳的裙子和瀏海都很長，制服也穿得整整齊齊。

因為頭髮遮住了眼睛，所以難免讓人覺得有點陰沉——不過其實藏在底下的眼神十分銳利。

相較之下，由美子是濃妝搭配迷你裙，身上也佩戴了許多項鍊或夾式耳環等飾品。她沒有把制服穿整齊，不管由誰來看都會覺得她是個性格開朗的辣妹。

由美子的藝名是歌種夜澄，千佳的藝名是夕暮夕陽，雖然兩人給人的感覺完全相反，但她們一直共同主持一個叫「夕陽與夜澄的高中生廣播！」的聲優廣播節目。

不過，既然說「要做一些變化」——

「「是要換主持人嗎？」」

兩人指著對方，異口同聲地說道。

下一秒，兩人就開始正面互瞪。

「我只有這種時候跟妳合得來呢。隨妳高興去哪裡發展吧。接替妳的人應該會比較懂人話，一定可以合作得比之前順利。」

「啥？就算是妳留下來，妳也沒辦法和別人好好說話吧。啊，還是說妳要一個人說話？畢竟妳很擅長自言自語呢。就算和別人對話也像是在自言自語。」

「說得也是，我一個人講話還比較有內容。你們這種類型的人只會說『我懂』和『就是啊』這五個字，有說跟沒說一樣。連猴子的詞彙量都比你們多吧？」

「妳傳達資訊的方式才暴露出妳陰沉的個性吧。說得快的時候，兩秒可以講兩百個字吧。就連大嬸在買以箱計價的蔬菜時，也不會像妳這樣硬塞。」

「妳才是該學會斟酌與人拉近距離的方式吧。不考慮對方的狀況硬貼上去，是跟那位大嬸學的嗎？」

「在妳嚇得躲到我看不見的地方時，我的做法一直都很順利喔。喂～妳還聽得見我的聲音嗎？我們現在離得很遠呢。」

「又來了。我真的很討厭妳這種地方。真要說起來……」

「沒錯。這就是問題所在。」

兩人看向打斷對話的朝加。

她一臉傻眼地指著兩人說道：

「這就是問題所在。這就是妳們兩個的問題。所以最近才會收到擔心妳們『該不會其實感情很差』的信件！」

朝加拿起一張影印紙。

那是聽眾的來信。

朝加將幾封信攤在桌上，唸出部分內容。

「我好擔心她們是真的在吵架。」「她們講話都好狠，聽得我都捏了一把冷汗。」「坦白講很可怕。」「努力變得要好吧。」「知道什麼叫委婉嗎？」「這可是綜藝節目喔。」

朝加用手指敲著這些信件。

「大家是這麼說的喔。雖然妳們直言不諱的對話是這個廣播節目的魅力，但同時也可能成為弱點。必須設法解決這個問題才行。」

朝加雙手抱胸，靠在椅背上說道。

不過，就算她這麼說……

由美子困惑地和千佳互望彼此。

「……呃，可是，我們在錄音時已經算是相當客氣了。至少該肯定一下我們的努力吧。」

「沒錯。不如說應該要誇獎我們。」

「妳們對自己的評價也太高了。而且還突然變得意氣相投……」

朝加再次露出傻眼的表情。

她搔著亂蓬蓬的頭髮，困擾地說道：

「我說妳們兩個。能容許妳們這種氣氛的前提原本就是……」

朝加話只說到一半。

她嘟囔著「……現在還不用說這個」，把話又吞了回去。

「總之！我想做一些變化！所以我讓大出先生批准了一項企畫。」

朝加起身，將手放在桌上。

然後，她以強而有力的聲音說道：

「我們要出兩天一夜的外景。」

外景。外景？而且還是兩天一夜？

在兩人困惑地想著「這是怎麼回事……？」時，朝加補充說明。

「高中生廣播，決定要發行首張節目DVD了。」

這單純是個好消息。

廣播的節目ＤＶＤ。聲優廣播偶爾會推出影片。

最常見的情況，是主持人走出錄音間到全國各地拍攝外景，讓人感到耳目一新。

既然朝加說要出外景，應該就是要拍攝這種類型的影片吧。

有些節目還可能走出日本，到國外拍攝。

這麼做當然很花錢。

編列預算製作、販售ＤＶＤ，然後獲得收益。

換句話說，上層判斷販售「夕陽與夜澄的高中生廣播！」的ＤＶＤ能夠回本。

這當然——是件令人高興的事情。

即使是和討厭的對象一起主持的廣播節目，能受到歡迎依然值得開心。

「妳露出傻笑嘍。」

「什、什麼？我、我才沒有。」

由美子不自覺露出笑容，被用手托著臉的千佳提醒後，她連忙遮住嘴角。

千佳表現得十分從容，但因為她用手托著臉，看不太出來底下是什麼表情。

「我、我們要去哪裡出外景？既然要過夜，那想去哪裡都沒問題吧。」

由美子藉由詢問外景地點蒙混過去，光是思考要去哪裡就讓她興奮不已。

既然特地安排兩天一夜的行程，表示應該是要出遠門做特別的事情。

應該會去適合拍影片的觀光景點吧。

全國各地都有許多好玩的地方。

「我、我提議沖繩！我想去沖繩！現在這個季節應該很溫暖，可以看到漂亮的海景，還能下水游泳喔。總之我投沖繩一票！」

「妳真的很容易被陽光的地方吸引呢。現在這個時期，就算是去沖繩也沒辦法游泳吧。妳是想用冰冷的海水替過熱的腦袋降溫嗎？」

「啥？畢竟沖繩的陽光對妳這種陰沉女來說太強烈了。不然妳這種人會想去哪裡？陰暗的閣樓嗎？」

「北海道。如果是北海道……」

「妳只是想吃美食吧……」

「才、才不是！北、北海道有許多拍起來很好看的景色！好比說，那個……呃，就是那個啦！」

「妳就是因為只想著吃才會這樣。比起這個——」

明明兩人從剛才開始就討論得相當熱烈，朝加卻一語不發。

外景地點應該已經決定好了。

或許是因為這樣，她尷尬地別開視線。

「呃，小朝加。我們是開玩笑的。我們沒有期待能去那麼好的地方，所以放心啦。那麼是要去哪裡？」

去哪裡都無所謂，光是能出外景就很開心了。

而且每個地方應該都有吸引人的事物。

即使如此，朝加依然不願與兩人對上視線。

她就這樣輕聲低喃：

「外、外景地點……是上野動物園和東京晴空塔。」

「……啥？」

雖然不曉得是由美子還是千佳發出這樣的怪聲。

不過，先提出異議的人是千佳。

「等、等一下。東、東京……？甚至沒有要去外縣市嗎？不管是上野動物園還是東京晴空塔，從這裡過去單程也只要三十分鐘吧……？」

「這、這樣還要拍兩天一夜……？咦，妳、妳是說真的嗎？」

這個過於誇張的狀況讓兩人困惑不已，朝加連忙揮著手解釋：

「呃，那個，上野動物園和東京晴空塔都是好地方喔。絕對能拍出高水準的影片。兩個地方都很好玩喔……」

「不不不！問題不是出在這裡吧！明明搭電車一下子就能到，為什麼要特地辦成兩天一夜的外景企畫？應該有其他更好的選項吧！」

「因為……預算有限。」

兩人頓時僵住。

預算——一旦搬出這個理由，兩人就無話可說了。

雖然兩人開心地想著「這個節目已經受歡迎到能出DVD！」，但實際上並非如此。

這個企畫之所以能通過，是因為需要的預算不高。

不，她們當然沒有抱怨的意思。

光是能夠發行DVD和出外景，就已經夠令人感激了。

不過，上野動物園和東京晴空塔啊……是沒什麼關係啦……

「……有需要花上兩天一夜嗎？既然在市內，當天來回就行了吧。」

千佳提出極為合理的意見。

朝加一聽，表情就變得更加尷尬。

「這個嘛……這次企畫的構想，是找關係要好的聲優搭檔柚日咲芽玖瑠和夜祭花火當來賓，向兩人請教要好相處的祕訣。」

難怪剛才會提到由美子和千佳感情很差的話題。

芽玖瑠和花火私底下也很要好，一起上節目時也很有默契。

學習變得要好的方式，就是觀察意氣相投的主持人並效法她們。既然如此，那兩人確實是最適合的人才。

「這部分是沒什麼問題，但為什麼要到兩天一夜？」

「……因為大出先生說想要小玖瑠和小花火在房間裡拍的雙人照。」

「…………………」

「呃，對不起啦……不過，這個企畫也是多虧了她們才能成立……」

無論朝加如何解釋，由美子和千佳都還是露出了不悅的表情。

那兩個人穿著睡衣躺在床上開心聊天的景象，一定會非常吸引人。絕對會有人想要。

不過，期待在高中生廣播上看到那種景象應該不太恰當吧。

「……真不得了。這個企畫已經變成以那兩個人為中心，連預算都被拿走了。」

千佳嘟囔著說道。這麼說來，確實是如此。

找那兩個人來當來賓，然後為了拍她們的照片在飯店住一晚。

因為微薄的預算得用在她們身上，所以才只能就近找地方拍外景。

但如果沒找她們來，這個企畫根本就無法成立。

「別、別太在意啦。能夠近距離觀察她們，對妳們來說絕對很有參考價值。這次的外景一定能對妳們大有幫助。」

朝加試著用笑容蒙混過去。

……兩人已經無話可說。因為朝加說得沒錯，她們也可以接受。

不過，如果硬要說有什麼問題。

「這麼依靠柚日咲小姐她們……」

「感覺小玖瑠又要生氣了。」

就是她們可能又要惹前輩聲優生氣了。

就在由美子因為外景的事情感到五味雜陳後，隔天早上去學校的路上。

她一穿過剪票口，就看見熟悉的背影。

「若菜，早安～」

由美子在搭話的同時，從背後抱住對方。

她的同班同學川岸若菜先是嚇了一跳，然後露出放鬆的笑容。

「喔～由美子。早安啊～怎麼了嗎？」

若菜主動抓住由美子的手臂，兩人就這樣嬉鬧著貼在一起往前走。

由美子將下巴靠在若菜的肩膀上，坦率地問道：

「若菜，我問妳。妳覺得該怎麼做才能和別人變得要好？」

雖然朝加要求兩人改善關係，但由美子根本不曉得該怎麼做。

所以她才試著詢問若菜，但對方露出驚訝的表情。

「咦～我沒想到由美子會問這種問題。我還以為由美子只要有這個意思，跟每個人都能變得要好。」

「……平常或許是這樣沒錯。」

或許這就是她毫無靈感的原因。

如果想跟某人變得要好，直接去親近對方就行了。就是這麼簡單。由美子一直以來都是這麼做的。

但只有千佳不一樣。

由美子實在不覺得能夠和她變要好。

「妳是在說小渡邊吧。」

「……………」

若菜咧嘴笑道，讓由美子不悅地噘起嘴唇。希望她能不要猜得這麼準。

「能讓由美子說出這種話的人，也只有小渡邊了嘛～怎麼了嗎？是跟工作有關的事情嗎？」

「……唉，大概就是那樣。其實我要和渡邊出兩天一夜的外景。」

「咦，好好喔～！是要去哪裡？秩父？所澤？還是東武動物公園？」

「為什麼都猜埼玉縣？」

「啊哈，開玩笑的啦。兩天一夜的工作，怎麼可能去這麼近的地方～」

「……………」

若菜像是覺得有趣般笑道，由美子只能以尷尬的笑容回應。

她應該沒想到兩天一夜的行程，要去的地方居然是在都內吧。

「……總之呢，我要跟渡邊走一個類似旅行的行程，而且還必須在這段期間和她變得要好。」

實際說出口後，由美子再次覺得這件事有點愚蠢。

雖然名目上是校外教學，但其實更像問題兒童一起參加的學校活動。

由美子戳著若菜的臉頰，讓後者發出「嗯～」的聲音。

「我個人是想和小渡邊變得要好，所以如果能參加這種活動會很開心。」

「啊～若菜跟渡邊很契合嘛。」

之前聖誕節去唱卡拉ＯＫ時，兩人也相處得不錯。

由美子只要一和千佳獨處，馬上就會吵起來。

然而，現在卻要她們改善關係。真是個困難的要求。

就在由美子為此煩惱時，若菜笑嘻嘻地說道：

「小渡邊在面對由美子時，會莫名地表現得很倔強呢。這點由美子也一樣。也只有小渡邊能讓由美子變成那樣呢。」

「……………………」

由美子也這麼覺得。

不過，她不太想聽到這些話，因為這樣會讓她的心情變得很複雜。

「不要想太多，單純去享受旅行就行了吧？從我的角度來看，無論是由美子或小渡邊，都讓我覺得很羨慕呢～」

若菜輕快地笑道。

如果能和若菜一起旅行，應該會很開心吧。

學校之後還會辦校外教學，希望升上三年級後也能繼續和她同班。

「若菜，如果要去旅行，妳會想去哪裡？」

「北海道！」

「妳只是想吃美食吧？」

「咦～吃東西很重要耶。我覺得那是旅行中最重要的事情！如果去北海道，我想把好吃的東西全吃一遍！」

若菜開朗的笑容真的非常可愛。

這讓由美子忍不住想要是千佳也這麼可愛就好了。

然後，到了出外景的當天。

今天的行程是在錄音室錄開場閒聊，然後去逛上野動物園和東京晴空塔，最後回飯店拍在房間時的景象。

隔天拍完結尾閒聊就可以解散了。

現在是早上，所以眾人正在錄音室準備錄開場閒聊。

平常演員和工作人員是分別待在錄音間和控制室，但這次工作人員全都待在攝影機後方。周圍都是麥克風和攝影機，現場也有很多人。

朝加也不像平常那樣在旁邊陪伴，而是待在攝影機後方守候。

身邊只有千佳一個人。

稍微等了一會兒後，一切似乎都準備好了。工作人員表示要開始攝影了。

「預備……三……二……」

工作人員用手勢示意開始，由美子和千佳都切換了心態。

正式開始了。

「大家早安。我是夕暮夕陽。」

「早安～我是歌種夜澄。」

「夕陽與……」

「夜澄的……」

「「高中生廣播，校外教學篇！」」

兩人一起舉起手打招呼。

攝影機旁邊有放大字報，兩人是按照上面的指示行動。

「那麼，節目要開始了，高中生廣播校外教學篇！第一次出外景！因為是校外教學，所以我們穿上了水手服！」

沒錯。今天替她們準備的服裝是水手服。

而且是白色搭配深藍色的經典款式。

因為兩人都是真正的高中生，所以穿起來非常自然。

不僅如此，千佳穿起來更是異常地好看。

為了拍攝節目，她今天的頭髮有做造型，好好露出漂亮的臉龐。

用化妝修飾銳利的眼神後，她就變成了一個可愛又惹人憐愛的女生。

妝容也是自然又高雅。

她的身材原本就嬌小又苗條，散發一種夢幻的氛圍，穿上水手服後，就成了一個清秀的美少女。真的是超級好看。

「雖然我是第一次穿水手服，但總覺得很不自然，有種不可思議的感覺。」

千佳低頭看著自己，輕輕擺動身體。

她應該不是有意為之，但這個動作也非常可愛。

由美子努力不讓自己被她吸引，跟著開口說道：

「我也有種不可思議的感覺。各位覺得如何，好看嗎？」

說著說著，由美子在攝影機前面展開雙手。

這套水手服沒有經過改造，如果由美子跟平常一樣化辣妹妝，或許會顯得很突兀。

不過，她今天化的是淡妝，頭髮也好好燙直了。

因為是聲優——歌種夜澄的打扮，所以風格與水手服一致。

她覺得自己穿水手服算是滿好看的，周圍的人也都覺得不錯。

千佳抓著水手服的領結嘟囔道：

「平常都沒有機會穿水手服呢。我們的學校早就曝光，所以可以直接說，我們的制服是西裝外套。」

「不要突然插入這種話題啦……我不想一大早就聽到沉重的話題……啊，繼續說明吧。這次的校外教學邀請到了很棒的來賓！」

伴隨著一陣掌聲，兩名女性突然出現在攝影機前方。

是柚日咲芽玖瑠和夜祭花火。

「嗨～大家早安～我是小芽～」

「大家早安安！我是小花～！耶～耶～！」

「感覺來了不太妙的傢伙。」

兩人突然湊到攝影機前面扭腰擺臀，用撒嬌的聲音自我介紹。雖然不需要按照劇本演出，但這個奇特的舉動還是讓人大吃一驚。

「那到底是在演什麼類型的角色？」

千佳困惑地問完後，兩人總算離開攝影機來到由美子她們旁邊。

剛才的興奮似乎只是暫時的，芽玖瑠和花火依序開口：

「呃，這個節目原本就是走這種路線吧？要表現出性格的落差。」

「我聽說也有這樣的單元～所以剛剛才試著讓小芽和小花演了一齣。」

「一開始就欺負後輩也太過分了……拜託別再這樣了，不然情況會變得很混亂。呃～這兩位是我們這次邀請的來賓，『要好聲優搭檔』柚日咲芽玖瑠小姐和夜祭花火小姐！」

「我是柚日咲芽玖瑠！最近經常和這兩人有交流，所以非常期待今天的外景行程！」

「我是夜祭花火！我是第一次跟這兩人見面，但沒想到會是穿著水手服見面！」

芽玖瑠和花火這次正常地打招呼。

她們身上穿的也是水手服。

不過，她們穿的是和由美子與千佳不同的黑色水手服。

芽玖瑠是娃娃臉，身材也很嬌小，所以就算穿水手服也不會顯得不自然。

她穿的尺寸似乎有點太大，但衣服鬆垮垮的樣子也很可愛。

即使如此，胸部的部分還是有被撐起來。

而花火穿水手服也一樣好看。

雖然已經不像是高中生，但身材修長的她很適合穿這種衣服。

看起來就像個隨和又親切的大姊姊。

她們以有些誇張的動作握手，然後按照劇本……不對，稍微改編劇本進行對話。

「雖然這次好像是為了化解兩人的不和，才找來我們這對『要好聲優搭檔』……」

「但我和芽玖瑠的感情也不是一直都很好，所以不曉得該怎麼教呢。而且我們平常也是會吵架。」

「我們前陣子才在吵一起點的煎餃，最後一個要給誰吃呢。」

「我都說上次最後一個是我吃的了，結果芽玖瑠還是不肯吃。」

「呃，妳們吵架的內容好和睦。」

由美子忍不住這麼說。

兩人的互動默契十足，讓人看得心情非常愉快。

雖然令人敬佩，但也不能光顧著感動。

「事情就是這樣。這次我們四個人想一起去校外教學！那麼，朝第一個目的地……跳躍吧！」

四人一起當場跳了起來。

拍完這個鏡頭後，某人喊了一聲「可以了」，現場的氣氛立刻輕鬆了不少。

工作人員們各自展開行動，準備進入下一個階段。

在工作人員來叫人之前，由美子她們先暫時在一旁待命。

「接下來是要搭車去下一個現場吧？」

「馬上就要出發嗎？」

由美子看見芽玖瑠和花火在和工作人員對話。

想當然爾，她們的態度和在鏡頭前面時不同。

……回想起她們剛才的表現，由美子再次體認到兩人真的很厲害。

如果只有那兩個人在主持，應該能讓節目進展得更加流暢有趣吧。

不過，兩人刻意製造讓人不得不吐槽的狀況，確實營造出四個人的氣氛。

雖然芽玖瑠討厭由美子和千佳，但還是會好好丟話題給她們。

「那兩個人果然很厲害。」

因為有人從後方搭話，由美子轉頭確認。朝加正在看向芽玖瑠和花火。

今天有外出行程，所以她身上穿的不是平常的運動衫。

她上半身穿著一件白色的開襟羊毛衫，下半身則是一件喇叭長裙。臉上也穩穩地化好了妝，並戴著一副紅色眼鏡。

時髦又可愛的打扮，給人一種成熟的感覺。

「希望小夜澄妳們也能向她們學習。」

朝加拍了一下由美子的背，然後就去找其他工作人員了。

由美子明白朝加的意思。如果能做到那種程度，就能讓節目變得更加吸引人。

在良好的默契與氛圍下，適當地帶出私人話題，並確實地製造笑點。

最重要的是營造出來的氣氛，讓人覺得非常親近。

「芽玖瑠，妳穿水手服很好看呢～超級可愛。黑色的又更搭。」

「是嗎？謝謝誇獎。花火穿起來也很好看啊。雖然已經不像高中生了。」

「那當然。不過，芽玖瑠或許還能扮演高中生呢。就算混進學生裡也不會被發現吧？」

「就算去跟附近的高中生打招呼，也不會被人懷疑吧？」

「超過二十歲的女性穿水手服做這種事，完全就是個可疑人物吧。」

花火豪爽地大笑，芽玖瑠也露出笑容。

兩人看起來很開心。感覺兩人已經超越一起主持節目的關係，看起來就像是多年好友。

雖然感情好是件好事……但芽玖瑠的態度非常令人在意。

……那表情是怎樣？不僅聲音莫名地柔和，看起來還笑得很開心。

她平常明明會表現得更加冷漠。

太奸詐了！

「黑色水手服也很棒呢。兩位穿起來也很好看。」

由美子笑咪咪地靠近兩人後，芽玖瑠就露骨地皺起眉頭。好過分。

花火見狀，就像是覺得有趣般笑了。

由美子沒有因此氣餒，將手伸向芽玖瑠的水手服。

「小玖瑠真可愛～妳穿起來莫名地自然呢。妳以前上學也是穿水手服嗎？」

「吵死了，別叫我小玖瑠。還有別碰我。就算被妳稱讚，我也不會開心。」

芽玖瑠一被碰到，就立刻後退並別開臉。

她的態度冷淡到讓人嚇一跳。

和面對花火時完全不同。

由美子忍不住不悅地嘟起嘴。這是怎樣？搞什麼啊？好過分。太冷淡了吧。

即使由美子一臉不滿，芽玖瑠依然完全不理會她。

「芽玖瑠，難得有後輩這麼仰慕妳。」

「……吵死了。才不是妳想的那樣。」

花火委婉地勸解後，芽玖瑠露出尷尬的表情。

同樣的一句「吵死了」，聽起來感覺完全不同。

當由美子的表情變得更加不悅時，花火開口說道：

「哎呀，我替我家的芽玖瑠道歉。如妳所知，她的個性非常固執。」

花火的態度相當友好，讓由美子稍微鬆了口氣。

因此，她決定向花火求助。

「花火小姐，請教我怎麼和小玖瑠變得要好。」

「只要像剛才那樣繼續保持下去，她很快就會投降了吧？我想妳應該也知道，芽玖瑠非常喜歡妳們兩個。之前跟她一起去吃烤肉的時候，我在回程的路上可辛苦了。畢竟……」

「花火！好像已經可以出去了！」

芽玖瑠紅著臉，阻止花火繼續爆料。

她拉著花火的手臂，強行把她拖走。

雖然由美子很在意剛才那個話題的後續，但只要芽玖瑠在附近，就無法繼續問下去吧。

芽玖瑠似乎會在花火面前表現出本性，兩人的關係讓由美子感到相當羨慕。

「佐藤，車子已經到外面了，工作人員說該出發了。」

千佳過來幫忙傳話，指著門如此說道。

由美子隨口回應後，發現千佳正緊盯著自己看。

這讓她緊張了一下。

千佳在看過芽玖瑠她們的互動後，似乎也產生了一些想法。

她凝視著由美子一段時間後，嘟囔著說道：

「佐藤，妳不太適合穿水手服呢。連超過二十歲的柚日咲小姐，看起來都比妳像高中生。」

「啥？」

「別發呆了，快點走吧。」

千佳擅自說完想說的話後，就直接走出房間。

「氣、氣死我了～……那傢伙到底是怎樣……」

即使同樣是聊水手服的話題，兩人的互動仍和芽玖瑠她們有天壤之別。

在這樣的狀態下將芽玖瑠她們當成目標，會不會太勉強了……

因為工作人員說可以自由去超商挑想要的東西，大家各自將早餐和飲料放進購物籃裡。

「小花火，不用客氣喔。」「我沒打算客氣喔。」——其中朝加和花火的這段對話特別令人印象深刻。

一行人走出超商前往停車場時，發現那裡停了幾輛廂型車。

「小夜澄妳們四個人搭這輛車。」

朝加指著其中一輛廂型車說道，於是四人便一齊走向那裡。

此時，千佳驚訝地喊道：

「咦？是由朝加小姐開車嗎？」

四人一看見朝加準備坐上駕駛座，就頓時僵住。

朝加若無其事地點頭，但四人都露出不安的表情。

朝加見狀，連忙安撫她們。

「放、放心啦，我會好好安全駕駛。話說剛才的反應，讓我明白各位平常是如何看待我了……」

朝加沮喪地垂下肩膀，這次真的坐上了駕駛座。

「喔～既然小朝加要開車，那我可以坐副駕駛座嗎？」

由美子覺得坐在開車的朝加旁邊應該會很有趣。

然而，朝加苦笑著指向後面的座位。

「很可惜，小夜澄要和小夕陽一起坐。希望妳們可以看著小玖瑠她們，向她們學習。」

朝加輕聲說道。看來在移動中也有要學習的地方。

因此，由美子也坐到後座。

芽玖瑠和花火原本就打算一起坐，所以已經坐在第二排的座位。

由美子和千佳坐在最後面一排。

過不久，廂型車就開始朝上野動物園出發。

「…………………」

「…………………」

即使和千佳坐在一起，兩人也沒什麼話好說。

由美子看著窗外時，聽見芽玖瑠她們說話的聲音。

她們似乎準備吃早餐。

花火買的是「炸蝦與南蠻雞的豪華便當」跟法蘭克福香腸。雖然內容不像早餐，但她似乎現在就打算吃。

今天一整天都要出外景，她可能習慣早餐吃豐盛一點。

「肚子餓了～芽玖瑠買了什麼？果然是買打拋豬肉飯嗎？」

「雖然我不知道妳為什麼這麼肯定，但我早上才不會吃那麼南洋味的食物。我買的是紅豆麵包和奶油麵包。妳要吃嗎？」

「我要吃……啊，這個好好吃。」

因為她們是壓低音量在說話，所以從這裡聽不太清楚。

坐在前面的兩人說話時非常靠近。之所以小聲說話，是因為這樣就聽得清楚吧。花火正在用湯匙餵芽玖瑠吃東西。

兩人之間看起來毫無隔閡。

私底下的關係明顯也很好。

這在廣播節目中是非常強大的武器。

神奇的是，主持人要好的樣子會讓人覺得很有魅力。

再加上兩人都具備炒熱節目氣氛的能力，難怪會這麼受歡迎。

由美子看向千佳。

她手上拿著水果三明治。

『小夕陽，這裡有賣這個喔。這個很好吃，但很少看到有在賣。要試試看嗎？』

『是喔…………啊，既然是朝加小姐推薦的，我就挑這個吧。』

由美子想起兩人在超商內的對話。

雖然千佳裝出冷淡的聲音，但眼睛明顯變得閃閃發亮。

朝加也愈來愈會應付千佳了。

千佳剛才一臉開心地打開水果三明治。她的動作十分謹慎，避免破壞三明治的形狀。

由美子觀察她一段時間後，終於被發現了。

千佳看向由美子，不悅地開口：

「怎、怎樣啦？不要一直盯著我看。」

「好好好。」

這段不可愛的發言，讓由美子別開視線。她決定也來吃自己的早餐。

法式土司和熱牛奶。只要一喝熱飲，就能讓人放鬆。

由美子和千佳之間果然沒有對話。

相較之下，芽玖瑠和花火則是說個不停。

「這都要怪芽玖瑠當時倒立吧！」

雖然不曉得兩人在聊什麼，但芽玖瑠說的話讓花火捧腹大笑。

受到花火爽朗笑容的影響，芽玖瑠也忍不住低頭笑了。

至於由美子的搭檔，則是幾乎不會笑。

千佳小口小口地吃著水果三明治。

她似乎很中意那個三明治，吃的時候還頻頻點頭。
芽玖瑠她們會討論彼此的早餐，但由美子並沒有特別對千佳說什麼。
雖然她覺得千佳吃東西的樣子很可愛。
尤其是千佳今天打扮得跟平常不一樣。她現在是夕暮夕陽的打扮。
千佳原本就有張漂亮的臉蛋，現在還換上了與她的氣質十分相稱的白色水手服。
明明很有日常生活的感覺，卻又讓人覺得有種特別感。
由美子在錄音室看見時，久違地想著「是美少女耶……」並僵住。
只是，千佳身上正披著工作人員準備的長大衣。
雖然這樣也很好看……但她不脫掉嗎？
車子裡有開暖氣，非常溫暖。除了千佳以外，所有人都脫掉了外套。
仔細一看，她的飲料是冰礦泉水。
她只有買水果三明治和水。
「…………」
由美子吐了口氣，遞給她一瓶奶茶。
「咦？妳、妳幹什麼？」
「喝了身體會比較暖喔。如果嫌我多管閒事就算了。」
由美子突如其來的行為讓千佳大吃一驚，但她很快就明白對方的意思。

即使如此，她還是愣愣地看了由美子一會兒。

……由美子不想一直被盯著看。她也明白自己在做不習慣的事情，所以覺得很難為情。

「謝……謝謝。」

千佳輕聲說完後，坦率地收下瓶裝奶茶。

確認她啜飲了一口後，由美子也緩緩別開視線。

兩人的互動方式和芽玖瑠她們不同，應該算是非常拙劣吧。

就在由美子產生一股難以言喻的心情時，眼前突然出現了一個水果三明治。

「……不、不介意的話可以吃吃看。很好吃喔。」

「謝、謝謝……」

由美子咬了一口水果三明治。

奶油的甜味在嘴裡擴散開來，確實非常好吃。

「……………………」

之後兩人什麼話都沒說，沒來由地各自別開視線。氣氛莫名地尷尬。

「呼啊……」

由美子喝著拿回來的奶茶，透過眼角的餘光看見千佳在打呵欠。

真難得。

包含演唱會和各種活動在內，兩人經常一起參加從早上開始的活動。不過，由美子很少

看到千佳睏倦的樣子。

千佳張大嘴巴後吐氣的樣子，看起來比平常還要稚嫩。

「怎麼了？姊姊，妳想睡覺嗎？」

由美子忍不住這麼一問，千佳立刻露出驚訝的表情。

她尷尬地輕聲回答：

「……我最近都很晚睡。昨天也沒能早點睡。」

「妳是在看深夜動畫嗎？」

「才不是那樣。」

千佳不悅地回應後，放棄似的嘆了口氣。

「……因為Phantom這邊的發展漸入佳境，我想多練習一下。其他工作最近也開始一點一點地回來了，那些也需要練習。結果一集中精神就忘了時間。」

「…………」

由美子內心動搖了一下。

千佳的工作數量似乎開始恢復了。

之前發生的騷動，讓夕暮夕陽的工作銳減。甚至讓她本人擔心起「能否繼續當聲優」……連由美子都深有同感。

看來這個問題正逐漸改善。

這應該是經紀人們的努力和千佳在騷動後的行動等各種因素累積而來的結果。

更重要的是，她具備足以克服逆境的實力。而她的實力也獲得了合理的肯定。

……至於由美子——歌種夜澄則是完全沒有「工作回來了」的感覺。

她甚至不覺得自己的工作有變少。

畢竟她的工作原本就不多。

由美子以前只要一聽到千佳說起這方面的話題，心裡就會煩躁不已。

有時候甚至還會因為醜陋的嫉妒變得動彈不得。

不過，她現在已經能勉強按捺住這樣的心情。即使還是無法保持冷靜，但也不會像以前那麼嚴重。

大概是因為變得比較有自信一點了吧。

「……咦？妳怎麼了？」

由美子一陷入沉思，千佳就開始盯著她看。

然後，千佳嘆著氣開口：

「……我能像這樣努力，有一部分也是託某人的福。不過，佐藤應該無法理解吧。畢竟妳平常腦子裡什麼都沒想，真令人羨慕。」

「啥？這是怎樣？可以不要擅自下結論順便挑釁人嗎？妳這感覺就像在酒吧裡說別人壞話一樣，妳到底是怎麼培養出這種倫理觀的？光想像妳小時候的樣子就讓人害怕。」

「倫……妳剛才是說倫理觀嗎？不是在說腳踏車的輪子嗎？嚇我一跳。從妳嘴巴裡說出這個詞才比較可怕呢。拜託妳多注意一點。」

「這傢伙……妳的生活方式才更可怕。妳該不會平常都在對著牆壁碎碎唸吧？講話的時候也都不會考慮別人。果然是小時候遭遇過什麼事情吧？」

「又來了。我真的很討厭妳這種地方。動不動就想迫害喜歡獨處的人，這種心態才更可怕吧？妳是想親身證明人類才是最可怕的存在嗎？」

「陰險的人偶爾真的會做出很可怕的行為呢。咦，妳剛才是在自我介紹嗎？不用擔心，雖然渡邊妳是個陰沉的人，但還不到陰險的地步。妳可以很有自信地說『我這個人只是陰沉而已！』喔。」

「那佐藤就是『單純開朗而已』吧。以為只要表現開朗就能為所欲為，這才是最可怕的怪物。妳該不會是一直在自虐吧？不用擔心，每個人都有自己的價值。不要這麼自卑。」

「自卑和卑躬屈膝是陰沉者最擅長的事情吧。為什麼你們明明那麼喜歡攻擊陽光的人，卻還要虐待自己呢？是因為喜歡受到傷害嗎？果然很恐怖呢。」

「妳啊……話先說在前頭——」

兩人只要一不留神，馬上就會開始大吵一頓。

「那麼！總之我們終於到了！上野動物園！」

四人一起在攝影機前面跳躍，等她們一落地就開始繼續拍攝。

鏡頭快速拉到上野動物園的入口，然後重新回到她們身上。

四人並排站在入口前面，攝影的行程持續進行。

由美子她們被工作人員們圍繞著，再更外圍則是一般的遊客。

那些遊客遠遠看向這裡，說著「是在拍電視節目嗎？」。

花火率先開口：

「話說居然是來上野動物園拍外景。地點也太近了。這次名義上是校外教學吧？與其說是校外教學，感覺更像是遠足，根本可以說是近足吧。」

她用力吐槽後，發出愉快的笑聲。

由美子和千佳立刻跟著贊同。

「我也深有同感。這個企畫沒問題嗎……？而且我來過這裡好幾次了，根本做不出什麼新鮮的反應。不覺得移動時間會直接影響拍攝品質嗎？」

「就是啊。拜託來賓也幫忙抱怨一下。」

高中生組表示贊同後，芽玖瑠她們立即開口。

「可是啊～小花最喜歡上野動物園了，所以很開心～！人家超期待的～！」

「小芽也一樣～！人家很高興能來上野動物園拍外景～！妳們為什麼要抱怨呢～？」

「喂！自己先開啟話題再背叛也太沒品了！這樣很過分耶！」

「妳們也太早就開始活用形象了吧。拜託不要亂搞別人的節目。」

芽玖瑠確實地運用節目風格的對話炒熱氣氛。

多虧了兩人的支援，拍攝進展得相當順利。

負責主持的由美子唸出大字報的內容。

「呃～接下來要分成兩組。首先是芽玖瑠和花火的……」

由美子將手比向兩人後，芽玖瑠和花火就一起舉起手喊「要好組！」。

「……呃～然後，是夜澄和夕陽的……」

「「……不和組。」」

「……這兩組要一起逛動物園。我們『不和組』要跟在『要好組』後面，探索感情要好的祕訣！」

大概就是這樣的劇本。

由美子和千佳要觀察另外兩人的言行並好好學習。

然而，芽玖瑠將手指抵在臉頰上，困惑地說道：

「嗯～就算問我們要好的祕訣，我們也沒有刻意要變得要好吧。觀察我們有用嗎？」

芽玖瑠才剛說完，由美子就想起兩人剛才在車上的對話。

「小玖瑠、小花火，接下來就要開始拍攝了。妳們可以教小夜澄她們一些能讓人覺得『看起來很要好』的技巧嗎？」

朝加在車上開啟了這個話題。雙方透過後照鏡對上視線。

朝加的駕駛技術意外地好，乘客一點都不會覺得可怕。

花火率先回答朝加的問題。

「真拿妳們沒辦法。小夕暮畢竟是同一間經紀公司的後輩。我就特別把祕訣傳授給妳們吧。」

花火像是在開玩笑般得意地說道，芽玖瑠則是一臉不悅地應允。

「……唉。畢竟找我們來原本就是為了這個目的。」

……兩人乾脆地答應了這個難題，讓由美子覺得有點奇怪，

或許是因為朝加事先有跟她們溝通過了。

花火立刻在車上轉身。她轉向由美子和千佳，開口說道：

「妳們都看過劇本了吧？晚點抵達上野動物園後，我們就要進入『傳授要好祕訣』的環節。但話先說在前頭，我們只會說些很抽象的話喔。」

「意思是只會說些可愛的話嗎？」

「不是啦，是只會說些含糊不清的話。」

花火咯咯笑道。

「如果在這種場合說得太具體，會讓人覺得我們平常有在使用這些技巧吧？即使我們真的很要好，也會讓人覺得我們是在作秀。雖然我們實際上是有用到這些技巧啦，但可不能在公開場合這麼說。」

花火晃動著食指說道。

由美子一聽，就忍不住插嘴問道：

「咦？妳們真的有在用讓人覺得妳們要好的技巧嗎？妳們也會做這種事嗎？」

「會啊會啊，當然會。我們經常會注意這些細節。因為我們想用淺顯易懂的方式讓聽眾明白我們感情很好。話雖如此，這也不是什麼困難的事情～對吧，芽玖瑠？」

花火一這麼問，芽玖瑠就瞥了這裡一眼。

她和花火不同，刻意不把臉轉向這邊，但還是願意幫忙說明。

她嘆了口氣，面向前方說道：

「……只要靠對方靠得近一點，並多笑一點，就足以讓人覺得我們很要好了。」

由美子無法說「就這樣嗎」。

雖然講起來很簡單，但由美子和千佳明顯沒有辦到。

兩人並沒有意識到這一點，也不曾想要刻意縮短距離。就連笑容都很少。

而且，這還只是第一個小技巧。

「…………」

由美子看向走在前面的兩人。

四人已經分成要好組與不和組，開始逛動物園了。

這裡畢竟是動物園，園內充滿了各種動物，以及平常看不到的景象。親眼看到長頸鹿和大象這類大型動物，還是會讓人覺得很震撼。

除此之外，土撥鼠等小動物跑來跑去的身影也非常可愛。

孩子們都發出興奮的吶喊，大人則是臉上掛著笑容。

動物園裡充滿了開心的嬉鬧聲。

雖然鼻子裡都是動物的味道，由美子仍專心觀察要好組。

兩人靠得很近，也經常對彼此笑。

芽玖瑠和花火跟她們之前說的一樣，非常貼近彼此。而且還會對彼此展露開心的笑容。

不過，兩人之間的距離反而比剛才遠，只比一般人近一點而已。

『我們在鏡頭前面會刻意離得比平常遠一點。如果維持平常的距離，反而會讓人覺得太刻意。』

由美子想起花火剛才說的話。

她緊盯著兩人，發現她們真的下了不少工夫。

「哇～！花火，妳看，是大象耶！好大喔！超大的！」

「喔、喔喔喔……近、近距離看有點可怕呢！雖然很可愛，但還是可怕多一點！」

兩人現在也在鏡頭前興奮地嬉鬧。

剛才在車上擺臭臉的芽玖瑠，現在也露出了完美的笑容。

看起來開心又可愛。

兩人一起看著大象，搭配手臂貼在一起的動作，營造出非常要好的氛圍。再加上她們是穿水手服，看起來就像是真正的學生。

雖然芽玖瑠她們在車上時看起來也很要好，但當時比較偏向「靜態」。如果只看影像會很難感受到。現在這種「動態」的表現，比較能直接傳達兩人的要好。兩人都非常上相。

……由美子換看向千佳。

或許是因為現在鏡頭不是對準這裡，她看起來很鬆懈。

千佳正興奮地看著動物。

「喔喔……野牛……我以前對這種動物沒什麼概念，沒想到實際看起來這麼震撼……喂，夜！這裡有野牛喔！妳聽到野牛這個詞時，能夠想像出畫面嗎？」

這是她私底下的樣貌嗎？

千佳一看見動物就變得很興奮，讓人覺得她有時候真的很像小孩子。

「姊姊，我們落後了。別再對野牛說這種失禮的話了，去看那兩個人吧。」

由美子指著前方提醒千佳。

一旦和工作人員們拉開距離，她們看起來就更像是來動物園玩的學生了。

千佳猛然抬起頭，刻意清了一下嗓子。

「說、說得也是……我只是在練習演出興奮的樣子而已。快點去工作吧……」

千佳急忙紅著臉邁開腳步。

這傢伙還是一樣不擅長掩飾……

「…………嗯。」

雖然不是因為千佳提到了練習，但由美子覺得還是應該要實踐剛才學到的事情。

由美子下定決心要模仿芽玖瑠她們。

靠得近一點，多對彼此笑。總而言之，先試著拉近距離吧。

由美子試著接近到可能會被千佳罵「太近了！」的距離。

也就是兩人只要稍微動一下，就會碰到彼此的距離。由美子從千佳的左後方移動到她身邊。

千佳的臉蛋和身體就在旁邊。

搖曳的髮絲、罕見的水手服、嬌弱的肩膀、端正的側臉。

明明平常都沒有特別注意，但距離一拉近，就會讓人產生「她果然是女孩子」這種理所

當然的感想。

……總覺得有點緊張。

因為千佳現在的外表是個貨真價實的美少女。

由美子一時慌張，將視線從千佳苗條的身體上移開。

然後——

「哇！是大象……好痛！」

「唔！」

因為千佳突然停下腳步，兩人就這樣撞在一起。

由美子剛才沒有看路，所以撞得相當大力。

兩人就這樣一起跌倒在地上。

相當然爾，千佳立刻開口抱怨：

「喂！妳這是在幹什麼？光是動口無法滿足，終於變成會直接動手的野蠻人了嗎？」

「才、才不是那樣……都怪妳突然停下來……！哪有人會為了看大象突然停下腳步啊……？妳第一次看見長鼻子的生物嗎？」

「看、看一下又不會怎樣……！明明是妳撞到人，怎麼還擺出這種態度！連製造假車禍的人都比妳客氣！我真的很討厭妳這種地方……！」

因為兩人像這樣大聲喧嘩，攝影機不知何時開始對準這裡。

「「這有什麼好拍的！」」

「嗯，還有啊。動物園是個容易遇到偶發事件的好地方。」

「有偶發事件的地方，會比較容易拍到好畫面。」

芽玖瑠和花火在講完距離和笑容的話題後，又繼續傳授新的技巧。

芽玖瑠還是一樣面朝前方，花火則是笑著指向這邊。

「動物不是偶爾會做出出乎意料的行為嗎？大家看見就會嚇一跳。兩個人嚇到僵住，說著『嚇我一跳』並相視而笑怎麼樣？這樣很有要好的感覺吧。」

「非常有……」

由美子試著想像那樣的景象，如此低喃。

「這招也不限於動物園。只要遇到讓人嚇一跳的事情，都可以試試看！」

「成功了。」

「成功了呢。」

兩人一起輕聲說道。

猩。兩人都嚇得僵住了。

那是剛才發生的事情。

芽玖瑠和花火來到大猩猩的柵欄前方，鏡頭剛好拍到她們。

就在兩人對話的期間，附近的大猩猩突然開始吵架。

在這個充滿魄力的場景讓周圍的遊客譁然的期間，芽玖瑠和花火睜大著眼睛凝視大猩

芽玖瑠抓著花火的手臂，花火則是抱住芽玖瑠。

兩人愣了一會兒後，才突然放鬆下來，像在說「嘿嘿嘿，嚇我一跳」般相視而笑。

攝影機精準地捕捉到這段畫面。

兩人流暢的肢體接觸和放鬆的表情，實在是太令人佩服了。動作看起來也非常自然。

其中當然包含了一些表演的成分。

不過，也是因為兩人真的很要好才能做出那樣的表情。

雖然由美子感到十分佩服，但攝影機也因此轉向芽玖瑠她們。

鏡頭一離開，千佳又再次被動物吸引過去。

「老虎……能這麼近距離看真是太驚人了……雖然可怕，但好可愛……」

千佳蹲在老虎的柵欄前面，聚精會神地盯著在她面前休息的老虎。

「…………」

老虎確實是很可愛。

由美子看見愛睏地趴在地上的老虎後，也跟著坐下來。

她當然很清楚現在是工作時間，但還是忍不住被那魄力與可愛兼具的身影吸引。

「咿呀！」

然而，老虎突然起身，讓她忍不住被嚇得後退。

此時——

「呀啊！」

「好痛！」

由美子用力撞上不知何時來到旁邊的千佳。

她的頭準確命中千佳的下巴，發出可怕的聲音。

這股激烈又沉重的疼痛，讓由美子摀著頭再次蹲下。

千佳則是按著下巴不斷掙扎。

「妳、妳為什麼要靠我靠得這麼近……！頭好痛……！」

「妳之前都沒在聽夜祭小姐說話嗎……嗚！她說只要遇到讓人嚇一跳的事情，都可以試試看吧……！結果我一到妳旁邊，就變成這樣……！」

看來，千佳是試著以自己的方式實踐花火的建議。

雖然她的態度可佳，但做法有待加強。

「既然如此，妳應該要待在就算我被嚇到也沒關係的地方吧……！別把下巴放在一定會

被撞到的地方啦……！妳那樣根本是在設陷阱！」

「妳才是不要只因為老虎起身就被嚇到好嗎……！真是的，妳在奇怪的地方特別膽小……！」

兩人都痛到不斷發出呻吟。

然後，攝影機不知何時已經開始在拍她們了。

攝影師也很困惑，但還是把鏡頭轉了過來。

「這段影像絕對不能用吧……！」

「雖然這要怪我們沒有給攝影師好畫面啦……！難道就沒有什麼其他值得拍的地方嗎……！」

「……大概就是這樣。應該沒有其他技巧了吧。妳們有什麼問題要問嗎？」

花火在車上細心指導了由美子和千佳許多技巧。

由美子佩服到愣住後，才想起應該要抄筆記。

她打開智慧手機的備忘錄後，花火開朗地補上一段足以推翻一切的話。

「不過，我要先聲明一件事。妳們就算做跟我們一樣的事情，應該也不會順利。」

「咦……」

突然被人背叛，讓由美子困惑不已。這樣剛才那些話不就白講了？

花火愉快地看著兩人的樣子，輕鬆地繼續說道：

「假裝要好意外地很容易被看穿喔。聽眾們在這方面可是很敏銳的。既然如此，為什麼我要傳授妳們這些技巧呢？那是因為……」

花火說到一半突然停頓。

然後，她不知為何轉頭看向駕駛座。

她維持這樣的姿勢，輕聲笑道：

「──接下來的部分，就交給妳們自己思考吧。到底什麼才是最重要的事情呢？」

那句話到底是什麼意思？

由美子持續觀察芽玖瑠她們，但還是找不到答案。

之後，一行人和飼育員一起餵動物吃飼料、接觸動物，拍了許多很棒的畫面。因此，在動物園裡走路的部分就變得不太重要。

話雖如此，攝影機主要都是在拍芽玖瑠和花火，由美子因為無法提供好畫面而感到十分焦急。

然而，千佳卻只顧著興奮地看動物。

「佐、佐藤！這裡有河馬！我第一次看到河馬！原來河馬這麼大！嚇我一跳！好有魄力喔！」

「……姊姊，妳還記得自己正在工作嗎？請妳用藝名。」

千佳仍以閃閃發亮的眼神在看河馬，根本不曉得有沒有在聽。

看動物確實是很有趣，但一般會興奮成這樣嗎？

「妳不要動不動就停下腳步……如果走得太慢，工作人員會生氣喔。」

由美子再次傻眼地提醒千佳，後者猛然看向芽玖瑠她們。

千佳連忙加快腳步。她慌張的樣子，讓由美子嘆了口氣。

來到芽玖瑠她們附近後，由美子站到千佳旁邊。

然而，千佳立刻又開始看周圍的動物。

由美子覺得自己還是連同千佳的份，一起觀察芽玖瑠她們比較好。

就在她幾乎已經死心時，千佳低聲說道：

「我是第一次來動物園。我以前都不知道動物園是這麼開心的地方。」

「咦，是這樣嗎？妳小時候沒來過嗎？」

「小時候可能有來過，但我沒有印象。所以，就算有來過也是很久以前的事情了。」

「啊……」

考慮到她的家庭環境，確實是可以想像。

千佳的父母在她小時候就離婚了。她的父母還在一起時，或許有帶她來過動物園。不過，當時的記憶已經變得很模糊了吧。

話雖如此，由美子也很難想像千佳的媽媽帶女兒來動物園的樣子。

「妳一定是在想我媽不可能帶我來動物園對吧？」

「……不要這麼精確地猜別人的心思啦。雖然是這樣沒錯。」

「我媽就算看到可愛的動物，臉一定也是這樣……」

千佳用手指把眼角拉高。千佳平常不會做這種事，但她現在相當興奮。

這個玩笑話，讓由美子不禁笑了出來。

回答的時候，語氣自然也變得溫柔。

「……唉。既然妳沒來過，今天就好好享受一下吧。雖然是工作。」

「啊！是長頸鹿！夜，妳有看過真的長頸鹿嗎？這裡有長頸鹿喔！」

「聽人說話啊……真受不了妳，我知道了啦。」

千佳靠在柵欄上指著長頸鹿，由美子笑著走向她。

此時，由美子突然察覺一件事。

她以自然的動作確認攝影機的位置。

然後，她發現攝影機不知何時已經對準了這裡。

或許乍看之下，會覺得她們現在看起來非常要好。

而且還顯得非常自然。

能讓人覺得是個不錯的畫面。

花火曾說過假裝要好意外地很容易被看穿。

不過，現在這個狀況並非她們刻意為之。

這麼一來，應該也能直接傳達給觀眾。

「……啊。」

由美子想起花火之前欲言又止的話。

為什麼花火明知兩人無法順利模仿，卻還是教她們那些技巧？

這是因為以她們兩人的交情，只能等待這種狀況偶然且自然地發生。

如果要刻意展現什麼給聽眾們看——

或許她們該做的其實是表現出「兩人同心協力，努力親近彼此」的態度。

上野動物園的外景拍攝順利結束了。

四人一起行動時，芽玖瑠和花火就會幫忙炒熱節目整體的氣氛，讓由美子和千佳有機會表現自己。兩人的實力讓由美子驚嘆不已。

然後，她們來到下一個外景地東京晴空塔。

跟之前一樣，她們並排在入口前方後，拍攝行程就開始了。

「好的！那麼，我們來到了東京晴空塔！感覺這裡和上野動物園一樣，到處都讓人覺得很熟悉呢！」

由美子說完這段話後，攝影機對準高空。

在一片晴朗的藍天中，能看見高聳的晴空塔。

花火用力將手掌往上舉。

「哎呀，沒想到會來東京晴空塔拍外景。這下到底該怎麼辦才好？」

芽玖瑠也接著說道：

「我根本做不出新鮮的反應……該怎麼辦呢？」

三人一同散發出「畢竟以前就來過了……」的氛圍。雖然剛才動物們幫了許多忙，但在東京晴空塔要怎麼辦呢？此時，千佳戰戰兢兢地舉起手。

「那個，大家都有來過東京晴空塔嗎？」

「喔，小夕暮沒來過啊。太好了，這樣應該會覺得很新鮮。妳可以直接把這裡想成超高的購物中心。」

「應該有更好的說法吧。」

「雖然這麼說也沒錯……」

花火再次開心地仰望天空。

「不過，有人沒來過是件好事呢！從展望臺看出去的景象非常壯觀，小夕暮的反應……咦，什麼……咦？我們不會去展望臺？不會去展望臺嗎！」

花火發出驚訝的怪聲，但這也不能怪她。

由美子和芽玖瑠也驚訝地詢問原因。

她們詢問的對象，是站在攝影機後方的編劇朝加。

「等、等等，小朝加。這是怎麼回事？所以我們不會上東京晴空塔的展望臺，在底下晃晃就要走了嗎？這樣這裡真的就只是購物中心吧？我們接下來要在購物中心拍外景嗎？」

「咦，為什麼都來到東京晴空塔了，卻不上去展望臺呢……因為票太貴了？……雖然我有隱約察覺到，但經費也太少了吧？這樣真的沒問題嗎？」

三人吵了一會兒後，收到了「快出發吧！」的指示。

由美子只好無奈地繼續主持。

「事、事情就是這樣，雖然我們接下來要去東京晴空塔，但我們不會上展望臺！在底下晃晃就要走了！」

花火和芽玖瑠尷尬地舉起手歡呼，唯獨千佳困惑地歪著頭。

「朝加小姐，我們真的不上展望臺嗎？全部都要在東京晴空街道拍嗎……？」

「看這個樣子，應該也不會去水族館等要花錢的地方吧……」

芽玖瑠等人逼問朝加，後者苦笑著安撫眾人。

一行人現在已經進入東京晴空塔內部，走在寬廣的走道上。

由美子已經徹底死心，不打算再提出任何異議。

芽玖瑠等人則是跟在她的後面。

周圍有許多商店，人潮也相當熱鬧。這裡給人的感覺明亮又氣派。

一行人決定先去美食區解決遲來的午餐。

「……喂，佐藤。」

千佳小跑步過來，在由美子耳邊低聲問道：

「剛才氣氛為什麼變得那麼微妙？」

千佳突如其來的舉動，讓由美子嚇了一跳。

她的耳語聲讓由美子有種心癢癢的感覺。麻煩的是，當事人完全沒察覺到自己的舉動威力有多強。如果反應過度也很難為情。

由美子稍微清了一下嗓子，試圖蒙混過去。

「東京晴空塔最大的賣點，果然還是展望臺吧。畢竟這棟建築物這麼高，又能夠上去。所以當然會想拍從那裡看出去的景色。結果，我們卻只能在底下拍攝。這樣就失去了特地跑來東京晴空塔的意義了。」

由美子看向周遭。

包含雜貨店與服飾店在內，這裡有許多各式各樣的店面。餐廳的種類也很豐富。

雖然這些設施相當適合購物，但很難拍到好畫面。

千佳瞥了上方一眼。

「嗯……朝加小姐剛才提到『因為票價很貴』。真的有那麼貴嗎？」

「我記得要……」

由美子說出記憶中的價格後，千佳便露出苦笑。

「這對我們節目的預算來說，是有點吃緊呢。」

「非常遺憾。」

雖然票價並不算是特別貴，但遺憾的是這場外景行程的預算相當少。

如果一開始預算就相當充足，也不會選擇在東京都內拍兩天一夜的外景。

「就算不能上去，還是可以玩得很開心。只是如果沒有在上面拍的畫面，或許會讓人覺得好像少了什麼。」

千佳很好奇地不斷四處張望。

看見美食區後，她還悠哉地說「烏龍麵看起來很好吃」。

此時，由美子露出有點壞心眼的表情。

「唉，小孩子應該逛底下的設施就能逛得很開心。妳也一樣吧。」

由美子開口揶揄千佳，後者繼續看著前方點頭。

「說得也是。小孩子應該能在這裡玩上一整天吧。」

「…………」

由美子明明繞了個圈子說「因為妳也是小孩」，對方卻完全不予理會。

這樣反而也讓人感到有些寂寞。

就在由美子想著這些事時，花火在美食區旁邊大喊：

「啊～肚子好餓～接下來要吃午餐吧？我肚子已經餓扁了，早知道就先吃一些零食。」

「咦？」

花火摸著肚子說出的話，讓由美子嚇了一跳。

她早上明明吃了那麼多東西，居然還吃得下午餐……？

其他人無視由美子的困惑，開始在美食區進行拍攝。

他們要借用美食區角落的空間，進行一個單元企畫。

「好了！那麼，我來發表要在這裡進行的單元企畫！這個單元的題目是『心有靈犀！兩人究竟想吃什麼呢』！」

穿著水手服的四人一齊拍手。

由美子繼續說明下去：

「接下來要請要好組與不和組，各自將自己現在想吃的東西寫在板子上。不過只能寫美食區裡的店家有賣的東西！然後，就能吃到自己寫的東西！就是這樣的單元。」

「喂喂喂，等一下！」

花火連忙舉手發問。

她臉色蒼白地謹慎問道：

「那個……該不會沒猜對的人，就不能吃午餐吧……？」

「呃……啊，兩人都寫一樣的組別，好像能額外獲得一道餐點作為獎勵。沒猜對的組別吃的東西不同，但一定能吃到午餐。」

「太好了……謝謝妳……」

花火真心鬆了口氣。

由美子以笑容回應後，這次又換千佳舉起手。

她直挺挺地舉起手，表情非常認真。

「要好組與不和組的條件都一樣吧。這樣明顯對我們比較不利。大家剛才看動物的時候，有辦法知道牠們在想什麼嗎？應該不行吧。我也辦不到。所以，這個條件對我太不利了。」

「啥？喂。真要這麼說的話，我還不是一樣……」

「我在說很重要的事情。」

由美子忍不住想反駁時，被千佳銳利的眼神震懾住。她的眼神犀利到讓人覺得很可怕。

那殺氣是怎麼回事……就在由美子嚇得倒抽一口氣時，工作人員掀開大字報。

「呃，那個……啊，作為讓步，『不和組可以透過間接的方式溝通』……」

「這樣我就放心了。」

她維持原本的表情，重新坐好。

由美子明白千佳為何會如此認真。

……她不想錯過加菜的機會。她一定是有想吃的東西。

這很符合她貪吃鬼的個性。

除此之外，千佳的個性本來就很不服輸。這點由美子也一樣。

由美子也不想在這時候猜錯。

雖然兩人感情不好，但好歹也共同主持了快一年的節目。

兩人對彼此還是有一定程度的了解。即使有一定的限制，既然能事先溝通就沒問題。

「夜。妳應該明白吧。」

在芽玖瑠和花火默默將答案寫在板子上時，千佳堅定地如此說道。

她在桌上環抱雙手，筆直往前看。

在她注視的方向，有個冰淇淋擺飾。那裡看起來是間甜點店。

……咦？冰淇淋？午餐吃冰淇淋？咦，這樣沒問題嗎？真的要吃冰淇淋？

如果是一年前的由美子，或許還會這麼想。

「好。我知道了。」

千佳聽見由美子的回答後，露出微笑。兩人同時開始寫答案。

「妳應該明白吧。」——如同千佳所說，兩人之間已經不需要更多的話語。

由美子當然明白答案不是冰淇淋。千佳喜歡甜食，但還不到用甜食當午餐的程度。她的眼神是在說想用冰淇淋加菜。換句話說，就是飯後甜點。

她之前就已經說過要選什麼當主餐了。

「烏龍麵看起來很好吃。」

她沒有提起過其他食物。這表示正確答案是烏龍麵……！

由美子快速寫下「烏龍麵」。此時，所有人都已經寫好了答案。

「好了！那麼，請同時亮出答案！請舉牌！」

所有人應聲舉起自己的板子。

花火寫了「海鮮蓋飯」。

芽玖瑠寫了「海鮮蓋飯」。

夜澄寫了「烏龍麵」。

夕陽寫了「章魚燒」。

「「喂！」」

兩人起身，互相指責對方。

「烏龍麵？為什麼會扯到烏龍麵啊！我都特地問妳是不是真的明白了，妳都沒在聽嗎？我真的很討厭妳這種地方！」

「那是我這邊的臺詞！為什麼是章魚燒？妳剛才不是說『烏龍麵看起來很好吃』嗎？這樣正常來想應該是烏龍麵吧！」

「那只是單純的感想！自己想太多還反過來發脾氣，妳是難搞的設定考察粉嗎……！妳這種人只要一發現自己想錯了，就會開始大吵大鬧！」

「是是是，那為什麼夕暮同學是想吃章魚燒呢，請妳解釋一下。」

「因為這裡的章魚燒有賣東京晴空塔限定的口味。既然都來這裡了，當然會想點限定口味吧？」

「誰知道妳有什麼堅持！這是什麼膚淺的答案！根本完全沒有提示嘛！至少也埋個伏筆！如果這是推理小說，凶手就是完全沒出現過的角色了！真要說起來，其他店也有限定菜單吧！」

「咦，是這樣嗎……原來如此。嗯……啊，我繼續主持吧。那麼……」

「喂！看我這邊啊！不要用主持逃避！」

結果兩人只有展現不和的一面，就這樣輸給了要好組。

順帶一提，芽玖瑠她們不靠任何提示就猜對的原因，是「大概猜得到」。

拍完東京晴空塔的外景後，一行人前往飯店。

接下來，只要再拍一小段她們在房間的樣子就好。

然後，今天的工作就結束了。水手服也會在去飯店前換下來。

因為是低預算的外景，由美子本來還擔心會住什麼樣的飯店，但幸好只是虛驚一場。

或許是因為會在房間裡進行拍攝，工作人員挑了一間還算不錯的飯店。

她對飯店沒有任何不滿。硬要說的話，就只有一件事。

「來，小夜澄和小夕陽是住這個房間喔。」

朝加把房卡交給兩人。她們當然是睡同一間。

由美子不介意跟其他聲優同房，但只有千佳會讓她寧願住單人房。

不如說她們今天已經一整天都待在一起了，就算不同房也沒關係吧。

兩人以微妙的表情互望彼此，她們心裡應該都在想同一件事。

「……怎樣啦？」

「我才想問妳是怎樣。」

「啥？」

「啊？」

「好了～妳們兩個快點去房間吧。」

在朝加的催促下，兩人只能無奈地去搭電梯。

芽玖瑠和花火也是同房，但她們看起來完全不介意。

而她們當然也拿到了房卡。

四人在同一個樓層出電梯，芽玖瑠她們率先踏上走廊。此時，由美子向兩人搭話：

「小玖瑠、小花火。晚點可以去妳們房間玩嗎？」

「不准來。來的話我就報警。」

「咦……好過分……有必要說到這種程度嗎……？」

芽玖瑠過於強硬的拒絕，讓由美子只能以眼神向花火求救。

「對、對不起……既然芽玖瑠都這麼說了……」

她的肩膀正在顫抖。看來是沒辦法。

由美子放棄去找她們玩，乖乖走進自己的房間。

將房卡插進卡槽後，燈光就照亮了還算寬敞的雙人房。這裡給人的感覺相當放鬆，除了床鋪以外，還有電視、小桌子和時髦的椅子。

以工作時住的房間來說，可以說是無可挑剔。

不過，房間裡有兩張床。由美子詢問旁邊的千佳：

「姊姊，妳想睡哪張床？我要睡窗邊。」

「我也要睡窗邊。」

「…………」

「…………」

兩人都沒打算退讓，於是立刻開始猜拳。

結果非常令人遺憾。

由美子以眼角餘光看著開心的千佳，開始整理行李。

她打開之前去千佳家住的時候帶的小波士頓包。

稍微整理了一下後，她看見一個化妝包。

裡面裝著化妝水和卸妝水等物品，是她外宿時會帶的小包包。

裡面也裝著洗澡前後會用到的東西。

……洗澡。

由美子用力甩頭，消除腦中奇怪的想像。不不不。就算住同一間房，也不會一起洗澡吧。太奇怪了太奇怪了。我到底在想什麼？

「啊，這間飯店有大浴場呢。」

「呀啊……！大、大浴場？」

或許是因為剛才在想些莫名其妙的事情，由美子發出奇怪的聲音。

千佳正在看飯店的館內地圖，並在上面發現了大浴場。

……大浴場啊。感覺很棒。真想去。

雖然還沒確認，但房間裡應該是系統式衛浴。浴缸一定很小，讓人無法放鬆。

不過，如果是去大浴場。那裡不僅能夠盡情伸展雙腳，還能享受泡澡……一定能夠消除疲勞……

不過——

由美子瞄了千佳一眼。

她正專注地看著館內地圖。由美子決定先牽制她一下。

「我、我說啊。雖然我想去大浴場，但我們不需要一起去吧。」

「？但也沒必要各自去吧。為什麼要特地錯開時間？」

「…………」

千佳乾脆的回答，讓由美子啞口無言。

如果這時候堅持要各自去，反而會顯得她很在意對方。

為什麼！我非得要！在意妳不可啊！

不過，一起去洗澡……洗澡啊……

在由美子漫不經心地想著這些事的期間，時間就這樣過去了。

由美子滑著手機消磨時間時，旁邊突然傳來驚訝的聲音。

千佳正困惑地看著自己的手機。她似乎不小心發出了聲音。

千佳之後沒有繼續開口，所以由美子也不予理會，但千佳過了一會兒便突然起身。

「……佐藤。我要先去吃晚餐。」

「喔、喔。我知道了。」

千佳說完後稍微準備了一下，就快步走出房間。

……感覺有點掃興。

由美子原本以為會和千佳一起吃晚餐。

雖然兩人並沒有事先說好，但這也是很自然的發展。

然而，她一個人走掉了。

由美子突然覺得有點沒力。

「算了……我晚餐該怎麼辦呢……」

她擺出懶散的姿勢，開始自言自語。

感覺就連思考都變得很麻煩……

她不自覺地看向毫無反應的手機。

「乙女姊姊都沒有回覆……她是不是很忙啊……好寂寞喔……」

由美子跟乙女約好下次對方難得休假的時候，要一起出去玩。

她傳了簡訊跟乙女討論這件事，但對方沒有回覆。

考慮到對方的忙碌程度，這也是無可奈何的事情，但由美子還是覺得有點寂寞。

「嗯？」

就在她煩惱著該怎麼辦時，手機突然響了。

畫面上顯示了一個罕見的名字，讓由美子驚訝地接起電話。

「喂，小玖瑠，有什麼事嗎？」

『……別叫我小玖瑠。』

對方以陰沉的嗓音回應。

來電者是柚日咲芽玖瑠。

雖然兩人有交換過聯絡資訊，但這是她第一次主動打電話過來。

就在由美子納悶會是為了什麼事情時，對方提出了一個意外的邀約。

『……我有話想跟妳說。妳現在方便出來一下嗎？我們兩個一起吃晚餐吧。』

「咦？」

芽玖瑠提議要一起吃飯。

由美子當然是非常樂意……但她沒辦法立刻開心地答應。

對方的心情明顯十分低落，背後一定有什麼隱情。

自己該不會是惹對方生氣了？

而且，還有另一件讓由美子感到在意的事情。

「呃，只有我們兩個嗎？花火小姐不一起嗎？」

由美子理所當然地以為她們會一起吃飯。

如果是三個人一起吃晚餐，那就沒什麼好在意的，但兩個人就顯得有點古怪。

『嗯。花火好像要和別人一起吃。』

芽玖瑠冷淡地說道。這件事也很讓人意外。

她們兩個該不會吵架了吧？

不過再怎麼想也不可能想得出答案，芽玖瑠應該也不會回答。

由美子決定坦率接受對方的邀約。

幾分鐘後——

「小玖瑠～」

由美子向站在飯店大廳的芽玖瑠搭話。

對方一臉冷淡地舉手回應。

然後，芽玖瑠就毫無預警地直接往外面走。由美子連忙跟了上去。

「哎呀，沒想到小玖瑠會邀我一起吃晚餐。我好開心喔。」

「我並不是想和歌種一起吃飯。只是因為有話想跟妳說，才順便跟妳一起吃飯。」

芽玖瑠直視著前方，冷淡地說道。

看來，這應該不會是一場開心的飯局。芽玖瑠想說的話，應該也不是什麼讓人高興的事情。

然而——

「即使如此，我還是很開心。」

「…………」

不管怎樣，由美子還是很高興能和芽玖瑠一起吃飯。

她笑著說出直率的感想後，芽玖瑠尷尬地垂下視線。

「為什麼妳要這樣……別用夜夜的表情說那種話啦……」

芽玖瑠低聲抱怨完後，用一聲嘆氣蒙混了過去。

她別開視線說道：

「妳有想吃什麼嗎？這附近有間涮涮鍋還滿好吃的，我是打算去那裡。」

「哦，聽起來不錯呢。就去那裡吧。我喜歡吃涮涮鍋。」

兩人一下就決定好了餐廳。

芽玖瑠看著手機帶路，兩人一起走在夜晚的街道上。

由美子追著那道嬌小的背影，主動搭話：

「話說，小玖瑠會去看乙女姊姊接下來的演唱會嗎？」

「我會去。」

芽玖瑠立即回答。但她還是沒有看向由美子。

然後，她又難過地補了一句「……前提是沒有跟工作撞到」，但這反而更讓人能感受到她的決心。

「那我們一起去吧。我也打算去看。還是說，妳已經跟別人約好了？」

「不可能。」

芽玖瑠乾脆地拒絕。

乾脆到讓由美子在心裡想著「不需要說到這種程度吧……」。

當事人似乎也這麼覺得，芽玖瑠連忙補充說明：

「我並不是討厭妳。但我總不能以聲優的身分去看小櫻的演唱會吧。柚日咲芽玖瑠那天不會出現在那裡。」

「所以，妳是想以藤井小姐的身分去嗎？但妳會用公關票，也會跟姊姊打招呼吧？」

「不，我是自己買票。」

芽玖瑠乾脆的回答，讓由美子頓時啞口無言。需要做到這種程度嗎？

當紅聲優的演唱會門票應該不好買吧？

芽玖瑠似乎不想用到聲優的身分，只想以一介粉絲的身分去看。

「……話先說在前頭，妳不准告訴櫻並木小姐我會去喔。不然我絕不原諒妳。」

芽玖瑠狠狠瞪了過來。她的堅持讓由美子佩服不已。

只要事先跟乙女說一聲，她一定會爽快地送兩人門票，當天也不需要排隊。甚至還能跟本人說上話。

雖然坐在公關座位，應該會引起觀眾們的注意，但頂多就是這樣而已。

然而，芽玖瑠還是特地買票了。

「……小玖瑠，如果妳沒有買到票，會直接放棄嗎？」

「那當然。妳覺得我看起來像是會買黃牛票的粉絲嗎？」

由美子並沒有這個意思。

不過，她越來越覺得芽玖瑠私底下一點都不像是這個業界的人。

「小玖瑠……應該說藤井小姐。妳真的很喜歡乙女姊姊呢。」

「那當然。不然我也不會當她的粉絲當這麼久。我最喜歡她了。」

芽玖瑠稍微放鬆態度，笑著說道。

「那妳也喜歡夜夜嗎？」

「最喜歡了。」

由美子隨口問道，對方也隨口回應。

由美子笑咪咪地看著芽玖瑠，對方似乎也察覺自己中計了。

她猛然看向這邊，臉也開始逐漸變紅。

「謝謝妳，我也最喜歡小玖瑠了。」

「唔！吵、吵死了！別、別這樣啦！我說真的……！」

芽玖瑠不甘心地說完後，開始快步往前走。

由美子笑著跟在後面。

兩人走了幾分鐘後，就抵達目標的餐廳，那裡看起來只有包廂座位，氣氛也很棒。

走進和室並關上拉門後，就聽不太到周圍的聲音。

這裡有點陰暗，正好適合悠閒地用餐。

芽玖瑠在四人桌最裡面的座位坐下。

「喂。」

由美子一坐到芽玖瑠旁邊，對方就立刻生氣地大喊。

芽玖瑠像是在對狗下指示般，指向前方。

「正常來講，應該是要坐在對面吧！為什麼要坐我旁邊啊？」

「哎呀，之前一起去吃烤肉的時候，妳不是坐在姊姊的旁邊嗎？我想說坐妳旁邊，妳會比較開心。這是粉絲服務啦。」

「………唔。」

由美子不斷將身體靠過去，芽玖瑠紅著臉想要拉開距離。

然而，她立刻就被逼到了牆邊。由美子持續逼近無路可逃的芽玖瑠。

後者顯得驚慌失措，但還是勉強開口：

「真是的……不、不用這樣啦……！妳、妳明知道自己現在是聲優的打扮……！不行不行不行，靠太近了……！討厭啦……！」

由美子本來只是想開個小玩笑，但芽玖瑠的反應意外地可愛。

她臉上的從容徹底消失，面紅耳赤地緊閉著雙眼。

雖然她朝由美子伸出手，但根本沒辦法碰觸對方。

芽玖瑠因此將身子縮得越來越小。

「什麼？什麼不行？好好看著我說話啦。」

「啊——……！不、不要在我耳邊輕聲細語……妳、妳這個人真的是……！」

由美子一靠近，芽玖瑠就將身子縮到極限。

她已經整個人縮成一團了。

就在由美子繼續把臉湊過去時，芽玖瑠終於用力睜開眼睛。

「給我適可而止！」

「好痛！」

芽玖瑠直接用頭撞了過來。這記毫不留情的頭錘，讓由美子痛得眼冒金星。

她忍不住按著額頭往後退。

「小、小玖瑠，妳做什麼啦……好痛……！」

「我也很痛好嗎……！快點去對面坐啦！」

芽玖瑠揮手將由美子趕到對面。

看來玩笑開得太過分了。

不想繼續吃苦頭的由美子，立刻移動到對面的座位。

雖然芽玖瑠的額頭和臉還很紅，但她似乎不想再繼續配合。她拿起菜單，遞給由美子。

「拿去。快點決定要點什麼吧。」

「好啦……」

兩人的晚餐，就這樣在一陣刺痛中開始了。

點好餐後沒過多久，店員就端了鍋子和飲料過來。

芽玖瑠今天似乎沒打算喝酒，只點了烏龍茶。

「小玖瑠，今天辛苦妳了～」

「……辛苦了。」

由美子一舉杯，對方就戰戰兢兢地回應。玻璃杯碰撞後發出清脆的聲響。

兩人閒聊了一會兒並享用火鍋，吃到差不多剩一半時——

芽玖瑠突然開口說道：

「歌種，妳想繼續主持那個節目嗎？」

「…………？」

由美子無法理解這個問題的意圖，只能繼續咀嚼嘴裡的肉。

等把肉吞下去後，她開始陳述自己的想法：

「呃，當然想繼續啊。會有人一面希望節目結束，一面主持廣播嗎？」

「這因人而異。」

芽玖瑠拿起湯勺。

她將食材撈到小盤子裡，淡淡地說道：

「也有人會希望自己主持的廣播節目快點收掉。例如節目不怎麼受歡迎，或是本人自己主持得不快樂。」

……從這個角度來看，「夕陽與夜澄的高中生廣播！」就算被別人認為主持人們想把節目收掉也不奇怪。

這個節目並沒有特別受歡迎，主持人間的關係也很差。

雖然心裡有其他想法，但由美子還是提出最合理的說法。

「我想繼續下去。我現在手上沒什麼工作，所以不希望這個節目收掉。」

「那就不能繼續這樣下去。」

芽玖瑠嚴厲地說道。

她筆直地看向這邊，眼神十分認真。

此時，由美子總算理解「芽玖瑠今天就是想說這個」。

「我接下來要說的話，難得是出自於我個人的善意。純粹是出於一個前輩的意見，完全沒有其他意思。這樣下去，妳們的廣播節目很快就會被收掉。」

「…………………」

經過一段很長的開場白後，芽玖瑠毫不留情地如此說道。

這段話帶來的震撼比想像中還要強烈。由美子忍著莫名的疼痛，繼續聽下去。

「我覺得妳們的廣播很有趣。很少有聲優會真的在廣播中吵架。我知道妳們有一定程度地為了節目踩煞車，但依然能聽見妳們的真心話，所以很有趣。不過，這樣下去不行。」

芽玖瑠將小盤子放在桌上。

如果不是在這種場合，由美子或許還會用「妳有在聽我們的廣播啊？」蒙混過去。不用想也知道，芽玖瑠就是因為認真聽過她們的節目才會提出這些意見。

芽玖瑠拿起烏龍茶時，由美子主動開口問道：

「……意思是聽眾聽膩了嗎？」

「並不是這樣。那是更之後的問題。現在問題是出在妳們並沒有真的在吵架。」

「……？」

沒有真的在吵架。

就在由美子因為聽不懂這句話而困惑時，芽玖瑠繼續說道：

「歌種也知道粉絲是一種『會自己腦補的生物』吧。特別是腦補聲優之間的關係。即使是從這個角度來看，妳們這種毫不掩飾惡劣關係的廣播節目也算是相當有獨創性。不過，如果真的只是兩個關係很差的人在互相挑釁，那聽起來也不會有趣。」

芽玖瑠說到這裡，喝了一口烏龍茶。纖細的喉嚨發出「咕嚕咕嚕」的聲音。

聽起來不有趣。

說得也是。聽別人吵架一點都不有趣。

所以，由美子一直覺得那個廣播節目受歡迎是件很神奇的事情。

芽玖瑠晃動著豎起的食指，繼續說道：

「假設花火對我說『吵死了，矮子！』，而我氣得起身對她說『臭女人，妳剛才說什麼！』，妳會覺得『這兩個人感情很差』嗎？」

「不會。」

「為什麼？」

「因為我知道妳們是在開玩笑。小玖瑠只是在演出生氣的樣子。」

「正確答案。」

芽玖瑠放下杯子，淡淡地繼續說下去：

「因為主持人和聽眾都知道這是在開玩笑，所以才能這麼做。因為大家都知道不會跨過

那條會讓人生氣或討厭的界線，所以才能『安心』聆聽。關鍵就在於這種『安心感』。」

芽玖瑠指向由美子說道：

「妳們的廣播缺乏這種『安心感』。所以一開始覺得妳們吵架的樣子很有趣的聽眾，已經開始感到不安了。他們會覺得『這兩個人該不會真的感情很差？』，並開始產生壓力。這樣就不太妙了。」

「……那我們跟彼此說話時，要再客氣一點嗎？好比說就算覺得生氣，也要壓抑自己的怒氣之類的。」

「這樣妳們的廣播就失去意義了。如果沒有真心在吵架，就會失去妳們的魅力。聽眾很快就會識破那些只是虛有其表的對話。」

「那我們該怎麼辦才好？感覺好像已經走投無路了。」

由美子求救似的看向芽玖瑠，希望最後的結論不會是這樣。

如果芽玖瑠找由美子出來只是想說「妳們的節目沒救了」，那未免也太惡質。要是被說了這麼過分的話，由美子應該也會生氣。

……雖然她自己心裡也有數。

不過，芽玖瑠果然還不至於做出這種事。

她筆直看向由美子的雙眼，稍微探出身子說道：

「妳們要讓聽眾『安心』。妳們實際上很尊敬對方，並不是真心討厭對方吧。只要向聽眾傳達這件事，一定就能讓他們『安心』。只要稍微把妳們的真心展現給聽眾就行了。這麼一來，就能透過『那兩人其實還是很尊敬對方』這個事實，演出能讓聽眾『安心』聆聽的吵架。」

「————」

由美子嚇了一跳。

芽玖瑠突如其來的發言，讓由美子嚇得弄掉了剛才用筷子夾著的蔥。

居然說她們實際上很尊敬對方。

由美子啞口無言地凝視著芽玖瑠。

此時，芽玖瑠首次露出了惡作劇般的表情。

「咦，怎麼？妳們難道以為周圍的人都沒發現嗎？妳們明明這麼在意對方。結果展現出拙劣的競爭心和難以掩飾的尊敬眼神，並不斷散發出青澀氣息的妳們，居然以為自己沒被發現？太好笑了吧。光是這樣就夠讓人拿來津津樂道了。」

「什麼，咦，啥？才、才沒那回事……我、我聽不懂妳在說什麼耶？尊、尊敬，咦、咦？我聽了只覺得莫名其妙喔……」

「妳也有可愛的地方呢。」

芽玖瑠露出壞心眼的笑容。

雖然是第一次被她稱讚可愛，但由美子一點都開心不起來。

「咦，是這樣嗎？她們看在旁人的眼裡是這樣嗎？被大家發現她們互相尊敬對方了嗎？從、從什麼時候開始？有哪些人知道？不、不對，自己一點根本就不尊敬對方……」

由美子先是紅著臉低下頭，然後猛然抬頭。她找到了這個說法的矛盾之處。

「可、可是小玖瑠！妳之前聽乙女姊姊這麼說時，不是覺得很訝異嗎？還說過自己不太了解什麼是勁敵！」

由美子之前曾因為錄「Phantom」而陷入瓶頸。在參加慶功宴的時候，芽玖瑠曾給過她建議。

說「去問千佳的意見就好了」。

當時乙女曾說「向勁敵尋求建議，是一件難以啟齒的事情」，芽玖瑠還因此露出難以釋懷的表情。

芽玖瑠若無其事地回答：

「我就是因為這樣才感到訝異。明明那麼在意對方，為什麼不直接去問呢？」

……看來由美子在那時候就已經被看穿了。

不如說或許芽玖瑠就是因為看穿了，才會提出那樣的建議。

就在芽玖瑠難為情地掙扎時，芽玖瑠又補上了一句。

「只要把相關人員都看出來的事情，也透露給聽眾就行了吧。這又不是什麼困難的事情。我不是說過粉絲是一種會自己腦補的生物嗎？只要好好展現出這一面，剩下的他們就會

自行想像啦。妳只需要坦率表現出對夕暮的感情就行了。」

芽玖瑠又盛了一碗新的飯，同時若無其事地說道。

別強人所難了。那麼難為情的事情，誰做得到啊。

這可是不論對本人或對周圍的人，都難以啟齒的感情。

看見由美子整個人僵住後，芽玖瑠不屑地表示：

「妳說難為情？把自己的心情傳達給對方或其他人，讓妳覺得很難為情嗎？」

「那、那當然……那麼難為情的事情……」

「妳都在直播的時候和車站前面，當著那麼多人的面大哭過一場了，事到如今還有什麼好難為情的。」

「…………唔。」

芽玖瑠準確地戳中讓由美子感到難為情的部分。

雖然她平常就會這麼做，但現在還同時一臉愉悅地享用著涮涮鍋。

這讓由美子感到很不公平。

想要稍微還以顏色的由美子，開口說道：

「雖、雖然妳這麼說，但妳也沒有把自己的心情傳達給花火小姐吧？」

「我當然有。別小看人了。」

對方立即反駁。

在由美子驚訝的時候，芽玖瑠夾起胡蘿蔔繼續說道：

「不管是感謝之情、尊敬之情，或甚至負面的感情，都必須要傳達給對方，才不會造成誤會。因為沒有傳達心情而產生誤解，那樣才最愚蠢。這個世界上多的是不親口說出來，就無法傳達的事情。」

芽玖瑠說完後，開始吃起了胡蘿蔔。

這兩個人的關係也太穩固了。不管說什麼，都是由美子理虧。她感覺自己逐漸被逼入絕境。

為了逃離這個狀況，她不滿地說道：

「是、是妳誤會了啦……我、我對那傢伙或許真的有那麼一點點尊敬之情……但我是真的討厭夕……這方面的感情比較強烈……」

「好好好～我知道了啦。就當妳討厭她吧。妳討厭夕暮。最討厭了。不過，有點尊敬作為聲優的她。就當作是這樣吧。」

芽玖瑠像是嫌麻煩般聳肩。

然後，她緩緩看向由美子。

「但我話先說在前頭。雖然這也適用於夕暮，但妳們該不會以為現在的狀況能夠一直持續下去吧？」

芽玖瑠再次拿起杯子，開口說道：

「環境這種東西是會變的。妳們就快升上高三了吧。三年級時或許會被分到不同班。如果到時候連廣播節目都被停掉了怎麼辦？考慮到妳們的個性，應該只會在工作的時候跟對方見面吧。要是就這樣持續到畢業會怎麼樣？一旦環境產生變化，關係馬上就會中斷。如果妳們不介意這樣的話，那就算了。反正跟我無關。」

芽玖瑠滿不在乎地說道。

不過，芽玖瑠隨口說的這句話讓由美子感到相當震撼。後者啞口無言地僵住。

她從來沒想過這些事。

不過冷靜一想，事情確實是如此。

和芽玖瑠與花火這種真正的要好搭檔不同，由美子和千佳只要一失去接觸的機會就會分開。

她們在學校不會互相搭話，平常也不會特地聯絡對方。

即使兩人之後在工作現場碰面，也很難想像她們會聚在一起聊天。

等兩人畢業後，一定也會是這樣。

她們將漸行漸遠，不再靠近彼此。

……即使想親近對方也辦不到。因為她們彼此之間有太多隔閡。

再也見不到對方，只能在看見動畫資訊時，想著「啊，這個角色是渡邊配的」。

……由美子討厭那樣的生活。

由美子本來打算和芽玖瑠各付各的，但後者以強硬到驚人的方式拒絕。

「真的不用了，我不接受，這餐我出就好，不需要跟我客氣，妳給我閉嘴，我要生氣嘍，我可是妳的前輩」——芽玖瑠甚至說到這種程度，於是由美子只好沮喪地作罷。

上次看到芽玖瑠這麼拚命，應該是她從見面會逃跑的時候了。

雖然對她奇妙的態度感到有些在意，由美子還是回到了飯店房間。

「嗯……妳、妳已經回來啦。」

房間的燈是開的。千佳坐在房間裡面的椅子上。

因為才剛和芽玖瑠談過她的事情，由美子的聲音變得有些尖銳。

「嗯，是啊。我剛回來不久。」

千佳回應時的語氣，不知為何也有些生硬。

不曉得她為什麼要覺得尷尬。

千佳坐在椅子上，坐立不安似的左顧右盼。

由美子猶豫了一下，但最後還是在她對面的椅子上坐下。

千佳也沒有開口抱怨。

因為很介意千佳的狀況，所以由美子不斷用眼角餘光偷看對方。

芽玖瑠是這麼說的——應該坦率將自己的心情傳達給對方。

而且，也要讓聽眾能夠聽得出這點。

如果不這麼做，就無法讓聽眾「安心」，他們也會逐漸離開節目。

傳達心情的方法非常簡單。只要說出口就行了。

妳是我的目標。我真的很尊敬妳。無論是演技，還是對工作的態度，都很令我敬佩。我遲早會追上妳，所以希望妳能一直當我的目標。

只要像這樣說出真心話就行了嗎？

「渡、渡邊。」

由美子的嗓音忍不住變得顫抖。

千佳則是嚇得縮起身子。

她不知為何也很緊張。

就像是知道由美子接下來要說什麼一樣。

「那個。呃……呃……妳、妳晚餐是吃什麼？」

……由美子膽怯了。她無法踏出關鍵的一步，忍不住轉移了話題。

不、不過，這本來就不是一定要急著現在說的事情……

由美子像這樣在心裡替自己找藉口後，千佳也露出鬆了口氣的表情。

後者稍微思考了一會兒後，斷斷續續地回答：

「呃……其實，我是和夜祭小姐一起吃飯。」

「咦……妳和夜祭小姐？為、為什麼？」

這個預料之外的回答，讓由美子困惑不已。就像是突然收到了一堆拼不起來的拼圖。

到底要怎麼拼湊，才能完成這個不可思議的拼圖？

千佳似乎也有同感，她用手指抵著額頭回答：

「她主動聯絡我，說很想跟我聊一些關於高中生廣播的事情。希望我陪她出去一趟，所以我只好答應。」

「咦，那是怎樣？我也……因為同樣的理由被小玖瑠找出去。然後，她跟我聊了高中生廣播的事情……」

「咦，妳也一樣？」

兩人一同露出困惑的表情。

芽玖瑠和花火各自在不同的地方做了相同的事情。這到底是怎麼回事？

……芽玖瑠的行動確實很古怪。

她平常並沒有親切到會特地給人建議。

雖然經常忘記，但芽玖瑠仍未原諒那個廣播節目。

「佐、佐藤……柚日咲小姐跟妳說了什麼？」

千佳戰戰兢兢地問道，由美子一時語塞。剛才逃避的問題又回來了。

如果就這樣回答，會變得怎樣呢？

自己會順勢吐露自己的心情嗎？

當千佳聽完這一切後，又會如何回應呢？

「咿呀！」

「呀啊！」

突然響起的門鈴聲，讓兩人同時嚇了一跳。

她們戰戰兢兢地打開門後，發現朝加站在門外。

她露出像是覺得有些不好意思般的笑容，敲了一下手錶。

「兩位，抱歉嘍。之前說要在房間裡拍攝，但還要再花一點時間準備。我晚點會再來叫妳們。」

「嗯、嗯。是沒什麼關係啦……但妳是特地過來通知我們嗎？」

「嗯。我想把這個給妳們。算是拖延到妳們時間的補償。」

朝加拿出某種票券。而且是兩張。

她笑著指向上方。

「聽說飯店頂樓有個休息室。可以用這個優惠券換甜點，妳們要不要去看看？」

由美子和千佳按照朝加的提議，來到了飯店頂樓。

休息室內的燈光相當陰暗。其中一整面牆壁都是玻璃窗，能夠看見外面的夜景。這裡擺了幾組時髦的桌椅，間接照明以朦朧的燈光照亮室內。背景音樂是沉靜的爵士樂，營造出成熟的氛圍。服務生也都打扮得很正式。

……這裡實在不適合高中生，兩人都表現得有點退縮。

不過，由美子不想讓千佳看見自己膽怯的樣子。

她裝出若無其事的樣子走進休息室，讓服務生看了一下優惠券後，對方便笑著回答「請自由入座」。

現在這個時段幾乎沒有其他客人，到處都有空位。不過，由美子還是不自覺地選擇坐在窗邊的吧檯座位。菜單上有很多種甜點，但兩人都點了鬆餅。

夜景非常漂亮。夜色中充滿了各種光芒，讓景色看起來十分夢幻。

「……真漂亮。」

「嗯，是啊……」

由美子尷尬地回應千佳。

雖然夜景確實很美，但她沒什麼餘力欣賞。

芽玖瑠說的話從剛才開始，就不斷在她腦中打轉。

必須傳達自己的心情。這樣才能讓節目繼續下去。

就在由美子不斷尋找機會時，又來了新的客人。對方坐在她們附近的座位，服務生過去幫忙點餐。等周圍安靜下來後，由美子覺得現在是個好機會。

如果之後來了很多客人，她絕對會說不出口。

所謂的心意，必須親口說出來才能夠傳達。

「渡、渡邊！」

「什、什麼事……？」

突然被點名的千佳，發出有點慌張的嗓音。

在陰暗的室內，她的臉看起來紅紅的。

或許是因為店內相當安靜，由美子覺得自己的心跳聲變得很吵。心臟一直怦怦跳，手也開始冒汗。由美子用力握緊手，下定決心開口──

「…………………」

「……什麼事？」

「呃……那個……不……對不起，沒事……」

「我說妳啊……」

果然還是不行……太難為情了……

坦率傳達自己的心情這種事，光用想的就讓人快瘋了。

「喂，佐藤。」

──不過，如果是千佳主動開口。如果她先表達了自己的心情。

到時候——自己應該也能坦率說出口吧。

「剛才——關於和夜祭小姐吃飯的事情。她跟我說了一些話。」

千佳沒有看向這邊。她的臉和視線都固定在前方。

那張漂亮的側臉，明顯正逐漸變紅，甚至紅到了耳根。

她到底打算說什麼呢？

如果花火也對她說了類似芽玖瑠說的話。

要她傳達自己的心情——

「嗯、嗯……」

由美子忍不住挺直背脊。

千佳就這樣準備開口——

「——久等了。這是鬆餅套餐。」

一道優雅的嗓音突然介入兩人之間，讓她們一齊嚇了一跳。

服務生帶著燦爛的笑容，將盤子放在桌上。

「謝謝……」

「謝謝……」

「請慢用。」

服務生微微一笑後，就直接離開了。

兩人以微妙的表情看著鬆餅。

「開動吧……」

「是啊……」

結果，兩人之後什麼都沒說，開始慢慢吃起了鬆餅。

難得點了這麼高級的鬆餅，卻完全吃不出味道。

之後的拍攝行程進行得非常順利。

話雖如此，其實就只是穿著睡衣在房間裡聊一下天，隔天再進錄音室拍一下結尾閒聊就解散了。

過程中沒有出什麼問題，整個拍攝行程順利結束。

不過，坦白講，由美子不曉得這次外景拍得是否順利。

不僅一直讓芽玖瑠她們幫忙，感覺也沒拍到特別好的鏡頭。

然後，又過了幾天。

經紀人加賀崎聯絡由美子，要她來檢查影片。

檢查影片。

就是讓出演者自己查看影片，如果發現不妙的地方就進行回報。為了確保即使販售也不

成問題，出演者本人事先必須觀看過一次。

這個慣例的作業，並沒有讓由美子感到太在意。

不過，加賀崎對她說了若有深意的話。

『由美子，妳還是仔細確認一下這次的影片比較好。因為這件事很重要。順帶一提，夕暮已經判斷影片沒問題了。』

「…………？」

加賀崎在電話中的語氣十分開心，但由美子只覺得莫名其妙。

雖然覺得好像哪裡怪怪的，由美子仍打開了只有工作時會用到的筆電。

她播放影片，螢幕上顯示出她們的身影。

在錄音室拍攝的開場閒聊、上野動物園、東京晴空塔……

雖然角度不太一樣，但大致與記憶中的狀況一致。

然而，接下來開始出現奇怪的影像。

「嗯……？這是什麼？咦，劇本上有這個場景嗎……？」

這個場景是從芽玖瑠和花火的鏡頭開始。

這裡應該是飯店吧。兩人穿著便服，坐在一個像會議室的地方。

她們正在認真聽工作人員說話。

『原來如此，希望我們能引導出她們兩個說出真心話啊。說得也是。畢竟那兩個人明顯很在意對方，卻莫名地想要隱藏。』

『是這樣嗎？我確實是覺得她們只是在逞強。雖然她們平常會吵架，但真實的想法究竟是如何呢……？只要問出這些就行了吧？我負責小夕暮，小歌種交給芽玖瑠啊。好啊，交給我吧！』

兩人各自離開房間。

鏡頭持續鎖定在花火身上。

花火操作了一下手機後，朝鏡頭露出笑容。

『小夕暮答應陪我一起吃飯了。我出發嘍～！』

影片在此短暫中斷。

之後換了一個場景。

花火和千佳隔著一張桌子，面對面坐著。那是一間包廂。這個鏡頭是固定的。

兩人面前擺滿了中華料理。

『小夕暮，謝謝妳陪我吃飯。儘管吃吧！不需要客氣。」

『嗯……謝謝……請問，妳是想跟我說什麼呢？』

『嗯，不好意思。有些關於高中生廣播的事情，我無論如何都想跟妳聊聊。畢竟我好歹是跟妳同一間經紀公司的前輩——小夕暮，妳想繼續錄那個節目嗎？』

簡直就像是在重現由美子和芽玖瑠的對話。

花火接下來說的內容，和芽玖瑠幾乎一模一樣。

只是演員不同而已。

照這樣下去，節目會被收掉。為了讓節目繼續下去，必須讓聽眾「安心」。那麼，要怎麼做才能讓聽眾「安心」……

花火持續說著似曾相識的臺詞。

「咦，這是怎麼回事？咦、咦、咦……？」

由美子陷入困惑。她事前完全沒被告知。搞不懂。到底發生了什麼事？

畫面中的花火，繼續以討人喜歡的笑容說下去。

她的笑容像是能驅散所有緊張，但正在看影片的由美子卻忍不住繃緊全身。

『雖然妳們兩個動不動就吵架，但我不認為妳們真的討厭彼此。我覺得妳們是感情好到能夠吵架。在出外景時也很有默契。』

『……才沒這回事。我討厭夜，對方應該也討厭我。』

『嗯，那就先當作妳們討厭對方吧。不過，作為聲優與搭檔又是如何呢？妳一點想法都沒有嗎？我覺得小歌種還挺有本事的。不管是主持能力，還是看狀況說話的能力。啊，但她的演技怎麼樣，我就不太清楚了。』

『…………』

原本正在吃乾燒蝦仁的千佳，突然停頓了一下。

也不曉得有沒有注意到這點，花火流暢地繼續說下去。

『舉例來說，我應該有辦法講出兩千個芽玖瑠的優點。她聲音可愛、臉蛋可愛、非常會聊天、腦袋轉得快、人又可靠……我很尊敬芽玖瑠。我覺得這樣的想法很普通。小夕暮對小歌種難道就沒什麼想法嗎？一點都沒有嗎？』

『…………』

花火以流暢的話術，同時從多個角度切入。

如果是平常的千佳，應該會繼續反駁吧。

但不曉得是花火毫無防備的笑容、美味的餐點造成的鬆懈、面對前輩時的客套、花火巧妙的話術、剛才的挑釁、還是聽到節目會被收掉時產生的危機感——

也可能這些都是原因。

千佳沉默了一會兒後，怯生生地開口了：

『那個。我接下來說的話，可以請妳不要告訴其他人嗎？』

『真是的～我不會告訴別人啦。我絕對不會說！我答應妳。」

花火笑著說出非常過分的話。

雖然她確實沒說謊。

即使如此，千佳也沒有立刻開口，但她最終還是死心似的緩緩說道：

『……我很慶幸有夜在。』

她緊盯著桌面，像是在自言自語般接著說下去：

『我以前曾經想過要放棄當聲優。如果不是夜，我現在也不會在這裡。我很感謝她。我一直都想找機會……回報她。因為我真的欠了她很多人情……因為那些人情，我才能繼續當聲優。牽起我……牽起夕暮夕陽的手的人，是歌種夜澄。』

千佳又補了一句「但不只是這樣」。

『夜作為聲優的實力難以估量。夜祭小姐可能不知道，她偶爾會展現出非常不得了的演技……那真的很厲害。待在夜身邊的期間，我好幾次都想著不能輸給她。我絕對不想輸。不想被她追過去。正因為抱持著這樣的想法，我才能努力下去。就這層意義上來看……我很感謝她。也很慶幸有她在。』

千佳說到這裡，吐了一口氣。

她雙手合掌，靜靜說道：

『我作為聲優的人生……身旁絕對少不了歌種夜澄的存在。』

「…………唔。」

由美子一聽見千佳的話，就忍不住握緊手。

雖然千佳說得很不情願，但一開口就開始說個不停。

她說的每句話都打進了由美子的心坎。

由美子感到胸口一陣暖意。內心充滿了感動。

她吐了口感覺莫名炙熱的氣息。

花火聽完千佳說的話後，溫柔地表示「只要把這份心情傳達出去就行了，傳達給本人，還有聽眾」，但千佳紅著臉默默不語，並不斷搖頭。

……這些話怎麼可能有辦法對本人說。

由美子自己也這麼覺得。如果今天立場顛倒，她也絕對辦不到。

是因為花火答應不會告訴別人，知道當事人不會得知這件事，千佳才有辦法說出這些話。

由美子總算明白千佳當時為何會在飯店的房間裡表現得那麼奇怪了。

在剛講完這些話後遇見本人，一定會覺得尷尬。

雖然這是彼此彼此。

「……居然搞這種偷拍行動……未免太硬來了……」

由美子將身體靠在椅背上，發出難以形容的聲音掩飾害羞。

芽玖瑠她們是在代替節目說出這些話。

這次外景的構想，是「學習變得要好！」。

如果不這麼做，千佳一定不會像這樣說出內心的想法。

絕對不會暴露出節目希望拍到的真心話。

所以，他們不惜使出強硬的手段，也要像這樣引導出她真實的想法。

這都是為了讓聽眾「安心」。

這對節目來說是必要的。

「……唉。或許是因為自己並未受害，我才有辦法這麼想。」

之所以選擇拍攝花火，一定是因為不能拍芽玖瑠。

因為芽玖瑠在螢光幕上的樣子跟平常大相逕庭。如果用上節目時的風格跟由美子說話，她一定會立刻察覺異狀。「這頓飯由我來請客！」芽玖瑠之所以這麼堅持，是因為那是工作。

也多虧如此，由美子才能覺得這件事跟自己無關——

「咦、咦，為、為什麼……？」

場景再次切換，由美子再次緊盯著電腦螢幕。

因為螢幕上正顯示出那間飯店的休息室。

當時，周圍應該沒有攝影師才對。就連座位都是隨便挑的。

然而，這個角度讓由美子想起一件事。這個鏡頭是對準由美子她們的背面。

後來才進來的那個客人……原來是那傢伙！

兩人是因為從朝加那裡收到了優惠券，才會來到休息室。

為了偷拍，工作人員居然不惜做到這種程度。

這都是為了展現「刺激兩人後，會出現什麼樣的結果」。

芽玖瑠之所以找由美子出來討論那個話題，也是為了拍攝這段場景。

由美子開始冒冷汗，將拳頭握到會覺得不舒服的程度。

然後，影片如實地播放出她不想看到的場景。

『……………』

『……什麼事？』

『呃……那個……不……對不起，沒事……』

『我說妳啊……』

自己的聲音比想像中還要結巴，千佳的聲音也比印象中還要僵硬。

兩人接下來一直表現得忸忸怩怩，散發出讓人感到非常焦急的氣氛。

這段影像讓人看得非常心癢，就連當事人自己都想大喊「快點說啦！」。

兩人看起來就像是一對國小或國中生情侶。

因為那就是自己，讓由美子現在害羞得要死。她喘著氣大喊「快住手」、「別再播了」，但這段影片還是確實拍到了最後。

幾乎所有令人難為情的部分都被拍下來了。

更令人難受的是，這段影片還經過細心的剪輯，並刪除了提及雙方本名的部分，讓人看起來更加輕鬆。

就在由美子不斷掙扎時，場景又換到了其他地方。

這次是在錄音室內。也就是錄結尾閒聊的房間。

不過，那裡現在只有芽玖瑠和花火兩個人。

兩人坐著觀看休息室內的影像。

她們一看完影像，就猛然抬起頭。

接著轉向攝影機，露出受不了似的笑容。芽玖瑠率先開口：

『那麼，各位覺得剛才那段影像怎麼樣呢？為了引導她們說出真心話……我們連偷拍這招都使出來了。哎呀，之後一定會被罵吧。真的沒問題嗎？』

『算了啦。如果不做到這種程度，她們一定不會願意說出真心話。她們在鏡頭外可是青澀得很呢。簡直跟思春期的國中生有得拚。不過這麼一來，各位聽眾也能理解這兩人的關係了吧？』

『是啊。就是那個啦，「會想要欺負自己喜歡的人」的感覺。雖然是高中生廣播，但請大家用觀看國小男生的方式守護她們。還有兩位，抱歉嘍。居然對妳們設下這種騙局。改天再去對工作人員們發脾氣吧。』

『對不起！我之後會想辦法補償妳們！不過，既然這片ＤＶＤ能夠發售，就表示有獲得當事人的許可吧！要不要趁這個機會，好好跟對方談談呢？以後也要繼續在這個節目加油喔。』

最後，芽玖瑠她們再次對著螢幕道別。

影片就此結束……看來這才是真正的結尾。
這影片……未免太過分了吧……
雖然觀眾或許會覺得有趣，但被偷拍的當事人只覺得心情很複雜。
直到最後都在依賴來賓這點，也是其中一個原因。
「……………」
坦白講，由美子實在無法忍受讓別人看到這段影片。
雖然應該有表現出兩人並非單純討厭彼此。
為了讓聽眾能「安心」聽廣播，這段影片或許確實有其存在的必要。
……不過，居然要讓許多人看見這段難為情的影片。
「唔唔唔……」
由美子羞恥地顫抖了一段時間後，寄了一封表示影片沒問題的簡訊給加賀崎。
在這段影片中，感到最難為情的人是千佳。
她赤裸裸地道出了對歌種夜澄的想法。
所有買這片ＤＶＤ的人，都能看到那段場景。
至於千佳同意將影片收錄進ＤＶＤ的原因，想也知道是為了節目。
既然如此，由美子怎麼有辦法拒絕。
「不過，原來渡邊……其實是那麼想的啊……」

她很慶幸有我在。

她認為我作為聲優的實力難以估量。

因為她很久以前也說過一次類似的話，所以由美子大概能從她的態度看出這些事。

不過，由美子不知道她居然還懷著感恩的心情，並覺得由美子對她來說是必要的存在。

「不親口說出來，就無法傳達……」

由美子想起芽玖瑠的話。真的就是這樣沒錯。

就連平常表現得如此要好的她們，都會好好向對方說出自己的想法。

既然如此，自己是否也該像千佳對自己做的那樣，說出自己的心意……

……由美子光是想像，就覺得臉開始發燙，甚至覺得全身都癢起來了。

她實在做不出那麼難為情的事情。雖然做不到……

「…………作為參考，還是再聽一次吧。這、這只是為了參考……」

隔天早上，由美子一如往常地去上學。

不過，她腦中全是昨天的影像。千佳的聲音反覆在她腦中迴響。

即使她努力要自己別去想，那個聲音過不久還是會再次跑回來。

明明早上的氣溫還有點低，她的臉卻仍持續發燙。

這樣下去，之後到底該用什麼表情面對千佳。

「啊。」

「……啊。」

然後，兩人偏偏在這種時候，在鞋櫃面前碰個正著。

由美子一走到鞋櫃，就剛好看到千佳正在拿出室內鞋。

兩人確實對上視線。由美子變得說不出話，體溫也逐漸升高。

至於千佳，則是臉開始變得愈來愈紅。

看來不只有由美子感到在意。

「那、那個——渡邊。」

由美子緊張地呼喚千佳的名字後，對方就用力伸出手阻擋。

千佳用手掌對著由美子，紅著臉瞪向她說道：

「那是劇本。」

「啥？」

「妳看到的那段影片！我全都只是照著劇本唸而已！從頭到尾都是劇本！我實際上一點都沒那麼想！是妳誤會了！那完全不是我真實的心情，我只是按照吩咐唸劇本而已！對了，我當時人還有一點茫！」

千佳激動地喊道，拚命替自己找藉口。

由美子愣了一會兒後，姑且先提出一個問題。

「……人有一點茫，難道妳當時有喝酒嗎？」

「我的意思是有受到現場的氣氛影響啦！不是真的喝醉的意思！那不是我的真心話！我、我其實是想剪掉那段影片，是、是成瀨小姐堅持要用……！」

千佳已經幾乎是哭著在辯解。

如果放著不管，她或許會原地發飆。

……總之，千佳本人否定了那些說法。她一下說是劇本，一下說是茫了，雖然話說得亂七八糟，但總之她就是不願承認那段話是出於真心。

「那些話！我絕對不會再說第二遍！聽懂了嗎？」

千佳單方面地說了一堆話後，就大步離開了。

或許是鞋子穿得太急，她還差點跌倒。

「…………………」

由美子激動地嘆了口氣。

「看她那個樣子，我還能說什麼……」

由美子忍不住用手摀住臉。

她的臉現在也跟千佳一樣紅。

「柚日咲芽玖瑠的轉啊轉旋轉木馬」的錄音日。

柚日咲芽玖瑠在錄音間內確認劇本。

接著，編劇朝加美玲走進了錄音間。

「早安。」

「早安，小玖瑠。前陣子謝謝妳的幫忙。不好意思，要妳配合那種事。真的很感謝妳提供的各種協助。」

朝加立刻以輕鬆的笑容提起了那件事。

她是在說高中生廣播之前出外景的事情。

朝加當時低頭拜託芽玖瑠幫助這個節目。

其實芽玖瑠一點都不想教那兩個人任何技巧。

更不想跟由美子一起吃飯。

然而，她不僅說了平常不會說的話，還協助工作人員偷拍。

這些都是因為被朝加拜託。

芽玖瑠不經意地將視線從朝加身上移開，淡淡地回答：

「……我並沒有幫上什麼忙。就連吃飯的過程都沒辦法拍攝。」

「不不不，沒這回事。拍攝的事情本來就無可奈何，是我這邊太強人所難。真的很感謝

妳願意協助我們。」

這已經不曉得是朝加第幾次道謝了。

最早提議要「引導她們說出真心話」的人，就是朝加。

她不僅苦苦拜託芽玖瑠和花火幫忙，甚至還搞了偷拍。

這表示那個廣播節目真的很需要這些事。

「那兩個人有生氣嗎？」

芽玖瑠問了一個自己一直很在意的問題。

無論有什麼理由，兩人確實是被偷拍了。

和由美子一起吃飯時，芽玖瑠只是代替朝加等人說出他們想說的話。

不過，芽玖瑠自己也有相同的想法。

即使手段有些粗暴，但那場偷拍對那兩人來說確實有其必要。

如果那兩人無法明白這點——

「前陣子有一場錄音，我當時向她們道歉了。雖然她們沒有生氣，但表現得很尷尬。真是可愛。」

朝加露出開朗的笑容。

……真是可惜。芽玖瑠原本打算如果她們真的連這些事都不明白並亂發脾氣，就要放棄她們。

朝加繼續若無其事地說著「我本來還做好了被罵的覺悟呢」。

「妳還真是挺那兩個人呢。」

芽玖瑠努力不讓自己的語氣聽起來像是在批評。

朝加毫不掩飾地露出微笑。

「看起來像是那樣嗎？」

「還滿像的。感覺這不太像是朝加小姐的作風。」

芽玖瑠認識的編劇——朝加美玲不會只因為個人的感情行動。

不過她在這次的事情裡，明顯展現出有別於編劇的一面。

朝加以平靜的表情雙手抱胸，然後開朗地說道：

「雖然有一部分是因為她們很可愛，但主要還是因為現在就讓那個節目被收掉實在太可惜了。妳不覺得只要再多花一點時間，就能培養出很棒的節目嗎？」

「……是嗎？我是不太清楚啦。」

芽玖瑠無法肯定也無法否定。沒錯，她不清楚。而且就算在意也沒用。

朝加苦笑完後，朝芽玖瑠探出身子。

「話說小玖瑠。作為之前出外景的回禮，要不要一起去吃個飯？也找小花火，我們三個人一起去。你們想吃什麼都沒問題喔。」

「不用了，請別在意。我只是在完成自己的工作。」

朝加嘴上嫌芽玖瑠冷淡，但不知為何還是開心地笑了。

NOW ON AIR!! 第48回

「夕陽與！」

「夜澄的！」

「「高中生廣播！」」

「咳……咳。大家早安，我是夕暮夕陽。」

「早、早安，我是歌種夜澄。」

「這、這個節目是由碰巧就讀同一間高中，又剛好同班的偶……我們兩人，將教室的氛圍傳遞給各位聽眾的廣播姊……節目！」

「沒、沒錯……呃～既然順利和夕會合了，在此再次跟各位打聲招呼。如果我突然一個人開新的節目，或許會讓許多人嚇一跳……請大家放心，夕也在。我們會兩個人一起主持……就是這樣。」

「…………」

「夕？」

「……這樣我到底該用什麼樣的表情開始啊？突然聽到那種東西，真是的……妳實在太粗枝大葉了。我真的很討厭妳這種地方……」

「話、話先說在前頭，我、我比妳還要難為情。妳、妳只需要聽而已吧！明明一點負擔也沒有，別在那邊抱怨啦！」

「讓、讓人家聽到那種東西後……居然還說這種話……真要說起來，明明是妳……笨、笨蛋！真是的，害我的步調都亂了……！我覺得這個節目最近真的很惡質！」

「就、就是啊！拍DVD時還做了那種事……那、那件事還不能公布吧。嗯，已經可以了嗎？那我就說嘍……咦，等開頭閒聊結束？快轉？」

「啊……因為還要公布愛心塔的消息，這集的播放日是在DVD發售之後，所以聊一些外景的事情會比較好吧。雖然因為時空的扭曲，下個星期才能收到關於感想的信件。」

「外景的事……唉……說得也是……雖然我不太想提……啊，都講東京晴空塔和上野動物園的事怎麼樣，就這麼辦吧。」

「說得也是。不然就是談論柚日咲小姐和夜祭小姐。雖然這些都是白天的事情，但太多話題可以講了，所以根本沒空講晚上的事呢。」

「夕，說得好啊。這大概是妳這輩子說過最中聽的一句話。就照這個方向聊。那麼，先把開頭閒聊講完吧。」

「就這麼辦吧。嗯，一定要這麼辦。」

「大家今天也一起度過快樂的咻……咻息時間吧！」

「直到放學前，都不可以離開挫……挫位。」

to be continued……

「我好像有點太早到了。」

由美子看向車站的時鐘，喃喃自語。

現在是星期六的早上十點。因為是假日，車站前的人潮非常多。

今天不用工作，學校也放假。

巧合的是，她的前輩聲優櫻並木乙女今天也休息，於是兩人約好要一起出去玩。

她正在等對方赴約。由美子姑且環視了一下周圍，但對方似乎還沒有到。

「姊姊還沒到啊……」

她哼著歌看向街頭。

今天要買東西、吃美食，還有散步……做許多開心的事情。

久違地能和乙女悠閒地出門玩，讓由美子感到十分興奮。

「嗯。咦？是姊姊打來的電話？」

手機收到了乙女打來的電話。

由美子接通電話，想著對方是不是擔心會遲到才打電話過來。

「喂～姊姊，怎麼了嗎？」

『小、小夜澄……？對不起……』

由美子一聽見對方陰沉的聲音，就立刻察覺似乎是出了什麼事。

她摀住另一隻耳朵，仔細聆聽對方細微的嗓音。

「姊姊，怎麼了？妳還好嗎？」

『嗯……我好像有點發燒了。真的很抱歉，我今天應該沒辦法出門了……對不起……』

乙女的聲音，聽起來像是發自內心感到抱歉。

總之，幸好不是遇到意外或緊急事故。

由美子鬆了口氣，並以開朗的語氣鼓勵對方：

「幸好不是遇到了什麼意外。我這邊完全沒關係。畢竟姊姊平常很忙嘛。」

『嗯……對不起。妳明明難得休假……真的很抱歉……』

或許是身體狀況不太好，乙女的聲音真的非常陰沉。就連由美子聽完後都覺得難過了起來。

畢竟是臨時放人鴿子，就算叫乙女別在意也很困難。

不過，既然是身體不舒服，那也無可奈何。

就在由美子思考該怎麼回應時……她突然想到一個點子。

「不然這樣好了。我可以去姊姊家打擾嗎？」

由美子之前就有去過乙女的公寓幾次，所以很順利就到了。

她按響門鈴後，裡面的人無力地打開門。

「對、對不起，小夜澄……給妳添這麼多麻煩……」

出現在玄關的人，是穿著睡衣的乙女。

平常綁得非常漂亮的頭髮，現在也散亂成一團。

表情看起來也很憔悴。

她的眼神毫無生氣，臉色也很差。看起來光是站著就很辛苦了。

乙女流了很多汗，呼吸也很急促。

「啊，我沒關係啦。不用在意。姊姊，妳臉色真的很差呢……對不起，妳快回床上躺好吧。」

「嗯……」

乙女虛弱地回應後，就拖著腳步走回床鋪。

不過，她走到一半突然停下，像是突然想起什麼般緩緩指向桌子。

「對不起，妳可以直接從錢包裡拿錢嗎……？」

「好的。收據我放這裡喔。」

由美子晃了一下提在手上的超市塑膠袋後，乙女輕輕笑了。

乙女表示最近忙到沒空自己煮飯。

假日也都在睡覺，三餐都靠外送。

冰箱裡也空蕩蕩的……於是——

由美子像這樣幫她補充了許多物品。

看著乙女緩緩爬上床後，由美子從袋子裡拿出運動飲料、感冒藥和果凍。

她從用習慣的廚房裡拿出托盤，將運動飲料倒進杯子裡。

將這些東西搬到床邊後，她緩緩幫乙女抬起上半身。

「來，姊姊。為了避免著涼，妳就忍耐一下喝常溫的吧。這是感冒藥。吃之前要先填一下肚子。妳吃得下果凍嗎？」

「謝謝妳……」

乙女先拿起杯子，一口氣喝完裡面的運動飲料。

她的喉嚨不斷發出「咕嚕咕嚕」的聲響。

喝完後，乙女吐了口氣，接著虛弱地說「我還要喝……」，於是由美子又倒了一杯。

看來她真的很渴。

床旁邊既沒有寶特瓶，也沒有杯子。

看來她連拿飲料的力氣都沒有。

等飲料喝完後，由美子將果凍遞給看起來還昏昏沉沉的乙女。

乙女收下果凍，開始慢慢吃了起來。吃完果凍後，應該就能吃藥了吧。

由美子趁這段期間把熱水裝進臉盆裡，然後連同毛巾和替換衣物一起拿到乙女身邊。

她看起來已經吃完果凍並服下感冒藥了。

「姊姊。妳還是稍微擦一下身體，換件衣服比較好。一直穿著都是汗的睡衣，對身體不好喔。」

「啊，嗯……謝謝妳……」

乙女緩緩脫下被汗水弄溼的睡衣。

等由美子擰好毛巾時，乙女已經脫完衣服了。

或許是因為有補充水分，她的眼神看起來變得比較有精神了。

因此，由美子拿起毛巾對乙女笑道：

「姊姊，我幫妳擦身體吧。」

「再怎麼說，那樣都太難為情了……我自己有辦法擦。」

由美子開了個小玩笑，對方也虛弱地笑著回應。將毛巾遞給乙女後，她就開始自己擦身體。

換上新睡衣後，乙女總算鬆了口氣。

臉色也變得比較好了。

「謝謝妳，小夜澄……我覺得舒服一點了。」

她的身體狀況看起來還是不太好，但聲音聽起來好多了。

有人陪在身邊，也會讓心情變得比較輕鬆吧。

「一定是累積了太多疲勞。畢竟姊姊最近一直忙著工作。這樣身體當然會累垮。只要今天好好休息，一定很快就能恢復精神。」

乙女最近一直都很忙。

她眼睛底下都是黑眼圈，即使身上背著許多工作，依然拚命四處奔波。

像這樣勉強自己工作，身體當然會抗議。

「姊姊，妳有食慾嗎？我可以幫妳煮粥，如果妳吃得下……」

由美子還來不及說完「希望妳能吃一點」，就被乙女的表情嚇了一跳。

乙女突然開始淚流不止。

「哇、哇～姊姊。妳不要哭啦，沒事的。」

由美子輕拍乙女的背，發現她的體溫真的很高。

看見乙女開始抽泣，由美子將衛生紙遞給她。

乙女一面道歉，一面擤著鼻涕擦乾淚水。

「我只是覺得自己真的是個沒用的前輩……對不起，小夜澄。妳難得休假……我卻給妳添這麼多麻煩。」

雖然人家常說生病時會變得比較軟弱，但乙女看起來是真的很沮喪。

由美子不想看到櫻並木乙女露出這種表情。

一握住乙女的手，就能感覺到她的身體在發燙。

由美子像是想要幫忙分擔那股高溫般，用力握緊對方的手。

「姊姊才不是沒用的前輩。妳知道我有多尊敬妳嗎?平常都是妳在照顧我。能像這樣稍微回報恩情，妳都不曉得我有高興。儘管給我添麻煩吧。不對，我一點都不覺得麻煩啦。」

「小夜澄……」

由美子坦率說出自己的心情後，乙女的眼神也變得比較放鬆了。

她剛才似乎是真的覺得很愧疚，但聽完由美子說的話後就釋懷了。

乙女的表情逐漸恢復平靜。

她的身影讓由美子感到揪心。

……由美子的心裡，從剛才開始就一直充滿罪惡感。

「而且，姊姊會這麼忙，有一部分也是我們害的。」

「……?」

「妳之前為我們做了很多事吧。」

直到前陣子為止，歌種夜澄和夕暮夕陽都在依靠著櫻並木乙女的名號。

為了奠定現在的形象，增加曝光，她們和乙女一起舉辦了許多活動。

愛心塔的見面會，以及和芽玖瑠廣播聯合活動都是如此。

乙女原本就十分忙碌，參加活動應該會對她造成負擔。

由美子不認為這些事和她身體不舒服無關。

「愛心塔之後不是要出單曲嗎？那也會讓之後的活動變多。對不起……一直增加姊姊的負擔。」

由美子一道歉，就換乙女緊緊握住她的手。

她努力在虛弱的眼神裡打起精神，看向由美子。

然後，像是在確定什麼般緩緩說道：

「小夜澄。妳不需要覺得這是自己的責任。請別說這是負擔。因為是我自己想替妳們做這些事情。而且我是妳們的前輩，希望妳們能多依賴我……雖然我現在變成這樣，但我還是希望妳們這麼做。」

乙女說完後，朝由美子露出笑容。由美子感覺心情輕鬆了不少。

多虧了乙女的笑容，原本不安的心情開始逐漸消散。

直到對方親口說出這些話，由美子才總算鬆了口氣。

察覺彼此都在擔心類似的事情後，兩人相視而笑。

乙女之後重新躺下，但由美子不知為何不太想離開她身邊。

由美子想陪乙女直到她睡著為止，後者察覺這份體貼後，也露出柔和的笑容。

乙女將棉被蓋到脖子底下，安分地休息。

這段期間，她不斷把玩由美子的手，一下摸，一下握緊。

乙女心不在焉地仰望天花板，斷斷續續地說道：

「我直到昨天都還很有精神……結果難得休假，身體卻開始不舒服。」

「姊姊。妳應該反過來想。」

乙女困惑地看向由美子。

她的臉色稍微變好了一點，但沒化妝時，那濃濃的黑眼圈還是讓人看得很心痛。

「加賀崎小姐曾經說過，人忙碌的時候身體通常不太會垮。因為一直繃緊了神經。不過，一旦在休息時放鬆下來，身體就會想起之前的疲勞。有時候還會因此生病。」

「咦、咦？那我如果沒有休息，就不會變成這樣嗎？」

「好像偶爾會有這種事。不過身體會在假日垮掉的人，原本就累積了過多的疲勞。」

「可是，不休息就無法消除疲勞……到底該怎麼做，才能在不讓身體垮掉的同時休息呢……」

「加賀崎小姐是說『只要不休息就行了』。」

兩人各自露出苦笑。

雖然這種說法很極端，但加賀崎真的很有可能這麼做。

不過，普通人根本無法像她那樣。所以——

「所以，姊姊。妳今天身體會不舒服也是沒辦法的事情。今天就先好好休息，我們下次再一起出去玩吧。」

由美子溫柔地說完後，輕輕拍了拍乙女的頭。

乙女也露出溫和的微笑。

她睡眼惺忪地說著「這下都要搞不清楚誰才是姊姊了」。

看來躺了一會兒後，她確實開始想睡了。

「小夜澄，今天真的很謝謝妳……幸好有妳在……」

「別這麼說，這點程度根本不算什麼，我隨時都可以過來幫忙。」

「小夜澄……我們……結婚吧……」

「突然就求婚了？」

或許是即將步入夢鄉，乙女閉著眼睛，茫然地說道。

她的夢話還沒有結束。

「我會努力工作賺錢……希望小夜澄可以每天待在家裡等我回來……」

「這樣我就不能當聲優了……不能都去上班嗎？家事就共同分擔吧。」

「婚禮就當成活動舉辦……邀請許多客人……再製成光碟販賣，靠利潤回收成本……」

「妳也太會做生意了。我才不想辦那種婚禮……」

乙女沒有回答，她終於睡著了。

聽見規律的呼吸聲後，由美子鬆了口氣。

「既然姊姊睡著了……我就替她做點好消化的東西放著吧……」

由美子看向冰箱。

如乙女所說，冰箱裡幾乎沒有食材。

只要先做好再冰起來，之後就可以直接加熱來吃。

「姊姊平常……到底過著什麼樣的生活……」

由美子環視房間後，忍不住如此嘟囔。

她原本打算今天要幫乙女把累積的家事全部做完。

不過，房間裡非常乾淨。

既沒有要洗的衣服，也打掃得很乾淨，就連垃圾都丟了。

雖然有許多劇本和參考資料，但這些都被整理得好好的。

……實在不像個大忙人的房間。

即使很忙，依然規規矩矩地生活。雖然這是件很棒的事，但感覺做得有點過頭了。

這讓由美子覺得有點不太對勁。

並不是讓人覺得有生活感。

而是她明明住在這裡，卻感覺不到有人在這裡生活的痕跡。

感覺有點詭異。

相較之下，朝加骯髒的房間還比較像是人住的。

「…………」

由美子看著乙女平靜的睡臉，轉念想著「思考這些事也沒用」。

幸好今天有過來。

由美子和千佳總是給她添麻煩，她這次發燒，兩人也要負一部分的責任。

不過，乙女堅持事情並非如此。

還說希望兩人能多依靠她。

由美子藉這次的機會傳達了自己的想法，對方也明顯鬆了口氣。

由美子本來以為乙女一直都知道自己有多尊敬和感謝她。

但有些事果然不實際說出口，還是很難清楚傳達。

『這個世界上多的是不親口說出來，就無法傳達的事情。』

芽玖瑠的聲音在腦中迴響。

「吵死了……小玖瑠，我知道了啦……」

由美子在喃喃自語的同時，想起了朝加的事情。

朝加之前對由美子提起了一件事。

拍完外景後，第一次錄廣播的時候，只有由美子被要求提早過去。

「對不起，小夜澄。讓妳一個人提早來。」

朝加一進入平常使用的會議室，劈頭就這麼說道。

今天要錄廣播。

不過，千佳人不在這裡，會議室內只有由美子和朝加兩個人。

因為朝加表示「我有話想跟妳說，希望妳能提早過來」。

由美子今天比平常早了很多過來。

「我是不介意啦。小朝加，找我有什麼事嗎？」

朝加今天穿著熟悉的運動衫。頭髮也亂糟糟的，額頭上還貼著退熱貼。

拿在手上的東西，看起來像是筆電和劇本。

她一坐下，就開始以平靜的語氣說道：

「其實我想開一個新單元。而且是由小夜澄一個人主持。」

「咦？」

獨自主持的新單元。那是怎麼回事？完全無法理解。

由美子露出困惑的表情後，朝加將劇本遞給她。

單元名：「歌種夜澄的信」

夜澄：大家早安，我是歌種夜澄。

新單元「歌種夜澄的信」要開始嘍！

今天不像平常是從開場閒聊開始，而是突然多了新單元，大家應該都嚇了一跳吧。對不起。

今天錄音間居然只有我一個人。

這個從這次開始播出的單元，內容是由我歌種夜澄寫信給搭檔夕，並當場朗讀。

有看過ＤＶＤ的聽眾們應該都明白，將自己的想法傳達給別人是件相當困難的事情。夕也是因為我當時不在現場，才能說出那樣的話。

我也要仿效夕，將對她的心情寫成信。

我說這些話的時候，夕也都一起在旁邊聽。

那麼，我要開始讀信了。

（接下來，就是朗讀歌種小姐寫的信。）

夜澄：唸完了！（這部分是歌種小姐讀完信後的感想。）

那麼，接下來的內容就是平常的高中生廣播！再會嘍！

「這、這是怎麼回事？」

由美子看完這份驚人的劇本後，陷入混亂。

將自己的心情寫成信？然後唸出來？

而且，千佳還會一起聽？

「我、我才不要這麼做！實在太難為情了……！更、更何況，我根本沒什麼話想對渡邊說！」

由美子將劇本放回桌上，並拍了幾下桌子表示抗議。

「我就知道妳會這麼說。」

朝加不知為何用手托著臉頰，開心地笑道。

她繼續笑著拿起劇本。

「可是，小夜澄。妳不覺得把自己的想法傳達給對方，是一件很重要的事情嗎？小夜澄之前也不知道小夕陽究竟對妳懷抱著什麼樣的心情吧？一般人都要實際聽過後，才能夠明白喔。」

「…………」

說得也是。

由美子知道千佳從以前就很在意自己。因為千佳曾親口說過。由美子第一次去千佳家住時，就聽她親口說過了。感覺已經是很久以前的事情了。

這次也一樣。

她需要由美子，並且很慶幸由美子能待在她身邊。

如果千佳沒有說出口，由美子根本不會知道。

由美子的臉開始發燙。

那種事情，光聽就夠難為情了。

這次居然要換自己去做？

「小夕陽都那麼真摯地說出對小夜澄的想法了，妳卻什麼都不對她說嗎？這樣會不會太狡猾了？」

「真、真要說起來，小朝加才最狡猾吧。」

「我當然狡猾了。因為我是大人。」

朝加輕鬆地笑道。

那道笑容看起來一點都不成熟，更像是個少女。

然而，她立刻露出認真的表情。

「小夜澄，妳聽我說。我希望這個節目能持續下去。為了這個目的，再狡猾的事情我都會做……因為我的實力不足，這個節目之前差點就要結束了，但我不會再讓這種事情發生。」

朝加的眼神閃耀著堅定的光輝。

她難得露出這種表情，由美子頓時啞口無言。

這個節目在第24回時，本來差點就要結束了。

朝加當時表現得很難過，但由美子沒料到她居然是這麼想的。

朝加恢復原本的表情，改露出平靜的笑容。

「小玖瑠也有跟妳說過吧。如果不讓聽眾明白妳們的關係，他們就會離開，節目也遲早會被收掉。若想繼續維持目前的風格，妳們兩人就必須說出真心話。小夜澄也希望這個節目能繼續下去吧。」

朝加順勢將身子往前探，看向由美子的臉。

「小夕陽已經傳達出自己的心情。再來就剩下小夜澄了。」

「唔……唔……」

由美子握著劇本，咬緊牙關。

她覺得如果不這麼做，自己一定會倒下。

由美子紅透了臉，體溫也不斷上升，都快要冒出熱氣了。

她將身體靠在桌上，維持這樣的姿勢僵住。

將自己真正的心情告訴千佳。

……不要。太難為情了。絕對辦不到！不要不要不要！絕對不要！

不過——

由美子更不希望節目結束。

「……一次！只限一次！這個單元，我堅持只做一次……！」

她勉強擠出這句話後，朝加滿意地點頭。

「…………」

由美子停止凝視乙女的睡臉，從包包裡拿出便條紙和鉛筆盒。

雖然不知道乙女有多睏，但由美子希望她醒來時能看到自己在旁邊。

人感冒的時候會變得特別軟弱，但如果有人陪在身邊，應該會安心不少。

由美子想盡可能在這個房間待久一點。

在等待的期間，應該能寫一兩封信吧。

「呃……該寫什麼好呢……」

由美子借用乙女的桌子，看著便條紙煩惱。

她思考了一會兒後，決定坦白寫下自己的心情。

致夕暮夕陽：

我討厭妳。

雖然自從我們開始一起錄廣播，已經快滿一年的時間，但我至今仍認為我們非常不契合。妳只要一開口就會讓人不爽，真的是很煩。

無論是在學校、廣播節目還是其他工作場合，妳都經常讓我感到十分煩躁。

現在回想起來，還是會讓我很生氣。不管再怎麼想，我果然還是討厭妳。

不過，我很尊敬作為聲優的妳。

妳的演技和歌喉都很好，我好幾次都深受妳吸引。

真帥氣、真可愛、好厲害、看起來閃閃發亮。

只要一個不留神，心裡就會充滿了這樣的感情。

妳的聲音和演技，深深吸引了我。

每次只要妳一出現在我身邊，我就會感到嫉妒。

有時候甚至會因為嫉妒而傷害到妳。

真的非常抱歉。

跟妳有關的事情，經常會讓我失去冷靜。

只有妳會讓我變成這樣。

聲優廣播的幕前幕後

全世界應該只有妳會讓我這樣。

妳是我唯一的目標。

雖然妳的背影離我還很遙遠，但我會一直追逐著妳。

所以，作為一名聲優，希望妳能繼續當我的榜樣。

不，妳一定會那麼做吧。

因為我最喜歡聲優夕暮夕陽了。我相信妳做得到。

當然，我還是討厭妳。

另外，謝謝妳在錄Phantom時幫了我。

我很開心。

非常開心。

我很慶幸自己有個可靠的搭檔。

很慶幸有妳在。

謝謝妳一直以來所做的一切。

我總有一天一定會追上妳。

在那之前，請妳繼續當我的目標。

歌種夜澄

「…………………………………………………………………………這是什麼？」

由美子驚訝地看著自己寫完的信。

雖然寫起來意外地順暢，但最後居然寫出了這樣的文章。

咦，搞什麼？未免喜歡過頭了吧？自己有那麼喜歡她嗎？不會吧？

「真、真不想承認～……就說我討厭她了……！」

由美子趴在桌上發出呻吟。

而且，之後還要在錄音現場唸出這封羞恥的信。

並且跟千佳一起聽這段錄音，這教人怎麼受得了。

這是給千佳的驚喜。

讓她以為突然要開始新單元。

然而，唸完這封信後，到底要怎麼錄音啊？

錄完音後，自己又該用什麼表情面對她……

「真討厭……這根本就不是我真正的心情……老師，這封信是我不認識的人寫的……」

即使以這種方式逃避現實，信上那些字無疑是自己的筆跡。

由美子重新看了一次信後，咬緊嘴唇。

……原來自己是這麼想的。

不對，自己真的是這麼想的嗎？

「連我自己都快搞不懂自己的心情了……去幫姊姊做飯吧……」

由美子起身逃避現實。

我不想再管什麼信了！就這樣直接上吧！船到橋頭自然直！

然後，由美子在錄第48回的節目時，實際朗讀了今天寫的信。

之後，兩人錄音錄得亂七八糟，不僅講話變得結結巴巴，還犯下了許多失誤。

而且這個狀況一直持續到錄音完後。

「啊，不好意思。大出先生好像有事找我。」

錄音一結束，朝加就非常刻意地離開了。

錄音間裡只剩下千佳和由美子兩個人。

「…………………」

「…………………」

千佳紅著臉將視線從由美子身上移開。

不過，她偶爾還是會瞄向放在桌上的信。

「呃……渡邊……？」

由美子主動搭話後，千佳尷尬地動了一下嘴唇。

她別開已經紅透的臉，雙手抱胸。

千佳刻意哼了一聲，接著用尖銳的聲音回答：

「我、我知道妳想說什麼。妳想說那些全都是照劇本做的對吧？跟我一樣。我都明白，所以妳不用多說了。」

千佳之前也搬出過同一套說法。

由美子很清楚自己的臉現在應該和千佳一樣紅。

所以，對方沒有藉此大做文章或拿來開玩笑，確實是幫了大忙……

……不過一般會先自己搶先說出來嗎？

由美子原本也打算和千佳一樣自暴自棄地說「這是劇本」，藉此逃避這個讓人難為情的氣氛。

不過，先被對方說出來就不有趣了。

由美子努力裝出冷靜的樣子，露出蹩腳的笑容。

「劇、劇本？我不知道妳在說什麼呢。那、那些都是我最純真的心情喔。我只是坦率說出對渡邊的想法而已。那、那些都不是謊言喔。」

「…………唔！」

雖然由美子對自己講得吞吞吐吐這點感到焦急，但看來對千佳效果絕佳。

千佳張著嘴巴說不出話，眼睛睜得老大，臉也變得比剛才更紅。

她之前被偷拍時，拚命想將事情蒙混過去。

如果這時候反過來以成熟的方式應對，雖然會恥上加恥，但被告白的對象也會加倍感到難為情。

……相對地，自己的羞恥感也會增強，可說是兩敗俱傷。

千佳紅著臉瞪向這裡，即使她看起來像是快哭出來，依然不悅地咂舌。

「又、又來了……！我真的很討厭妳這種地方……！」

她不甘心地丟下這句話後，就逃跑似的衝出錄音間。

與其說看起來像逃跑，不如說她真的是逃跑了。

「贏了……」

由美子也滿臉通紅，所以其實很難稱得上勝利，但她覺得自己明顯技高一籌。

就在她滿意地用手托著臉時，從控制室傳來了聲音。

『我覺得妳們的狀況跟輸贏沒什麼關係。』

「…………」

那是朝加的聲音。

由美子將手伸向開關盒關掉麥克風，激動地吐了口氣。

第48回的播放日的隔天早上。

由美子揉著惺忪的睡眼，走出自己的房間。

她昨晚沒睡好。

一想到「聽眾今天晚上會聽到那個單元……」，她就難為情地在棉被裡掙扎。由美子昨晚精神非常好，費了一番工夫才睡著。

雖然她對千佳擺出成熟的態度，但讓人聽到那些話仍是難以忍受的恥辱。

到了客廳時，由美子發現母親剛吃完飯。

「早安，媽媽。妳工作辛苦了。」

「早安啊，由美子。謝謝妳幫忙煮飯。高麗菜捲煮得非常入味，很好吃喔～」

母親開心的笑容，讓由美子覺得這頓飯做得很值得。

做費工的料理有個好處……那就是讓人能夠不去想多餘的事情……

由美子站在廚房前面做早餐時，母親將餐具放在水槽裡。

然後，母親笑咪咪地靠近她。

「欸，由美子。妳喜歡媽媽嗎？」

「咦，為什麼突然這麼問？當然喜歡啊。」

由美子煎著荷包蛋，同時困惑地回答。是在檢查女兒是否進入了叛逆期嗎？

由美子的母親無視女兒的困惑，將身體貼了上去。

「那妳感謝媽媽嗎～？有對媽媽懷抱著感激之情嗎～？」

「我一直都很感謝妳……咦，難道是因為我用牙籤固定高麗菜捲嗎？那並不是因為討厭媽媽才放進去的喔。」

「我才不認為自己的女兒會做出那麼陰險的事情！我是想說～如果妳很感謝媽媽，那媽媽也想要一封像小夕那樣的信呢～！」

「…………唔！好燙！」

由美子動搖到弄掉了筷子，手還碰到了平底鍋。

母親見狀，便發出興奮的笑聲。

「唔……媽、媽媽，妳聽過了嗎……？」

「聽了聽了。由美子，妳也真是的～平常明明總是在講小夕的壞話，原來其實是那樣看待人家的～我女兒真是個可愛的孩子呢。」

「…………！」

由美子的臉瞬間發燙。

居、居然偏偏被母親聽見那麼難為情的內容……！

由美子的臉明明都已經紅到耳根子了，母親卻仍繼續追擊。

「這沒什麼好害羞的喔～我覺得那樣很棒，聽完都快感動到哭了呢。特別是最後那段……」

「不用發表感想了啦！快點去洗澡睡覺啦！」

「哇，好可怕好可怕。」

因為感覺接下來會演變成一場全世界最可怕的感想發表會，由美子連忙推著母親的背阻止她。

母親笑鬧著消失在走廊彼端。

「真是的……害我有生以來第一次想要離家出走……」

由美子按住滾燙的臉頰，沮喪地垂下頭。

「！不妙……！討厭～焦掉了……居然把荷包蛋煎壞了，我又不是渡邊……」

由美子看著焦黑的荷包蛋，沮喪地垂下肩膀。

『在那之前，請妳繼續當我的目標……歌種夜澄上。』

「喔～這封信的內容比想像中還要充實呢。對吧，芽玖瑠。小歌種她們，有好好把我們的建議聽進去呢。」

「……那當然。我們都說到這個份上了，如果還不乖乖照做，就是真正的笨蛋了。」

「喔。芽玖瑠之前常罵她們是笨蛋，但她們現在不是真正的笨蛋了嗎？妳對她們的評價變好了呢。」

「妳幹嘛說這麼欺負人的話？」

「生氣了嗎？」

「是沒有生氣啦。」

「總之我們的工作到這裡就結束了。不過說到這樣是否真的足以讓聽眾『安心』……」

「還不夠呢。」

「還差最後一步呢。不曉得她們兩個發現了沒？」

千佳去冰箱拿飲料時，母親正好在開冰箱。

對方穿著套裝在喝水。

她今天回來得比平常早了一點。

「……歡迎回來。」

「我回來了。」

或許是覺得忽視對方不太好，雙方都平淡地向彼此打招呼。

千佳一拿出茶杯，母親便難得地向她搭話。

「話說回來，千佳。關於妳和由美子妹妹的廣播節目……」

「……唔！」

這句令人震撼的臺詞，讓千佳差點弄掉了杯子。

廣播。

搞什麼。為什麼母親會主動提起這個話題？她聽過了嗎？還是正在聽？呃，該不會……該不會！她、她應該不可能會去聽。不過，如果她已經聽過了？而且，偏偏還是有唸信的那一回……如果被她聽見那麼難為情的事情——

「妳前陣子去了動物園吧？」

「…………」

千佳想著「原來是要說這件事」並稍微鬆了口氣。

雖然她擔心的狀況沒有發生，但她在放心的同時仍產生新的疑問。

為什麼會提到動物園？

「我是有去……不過那又怎麼了？」

她裝出平靜的樣子詢問後，母親的表情稍微變得柔和了一點。

「沒事，只是覺得有點懷念。因為妳以前很喜歡動物園。」

「咦？」

千佳發出有些反常的聲音。母親到底在說什麼？

她明明從來沒有帶自己去過動物園。千佳沒有這方面的記憶。

但她轉念一想。

或許父親還沒搬出去的時候，他們一家人曾一起去過。

只是千佳自己忘記了而已。

「我以前有和爸爸跟媽媽一起去過嗎？」

千佳有些緊張地提起跟父親有關的話題，但母親看起來並沒有特別在意。

母親乾脆地回答：

「我們全家三個人是有一起去過幾次，但我也有跟妳兩個人一起去過吧？」

「咦？」

千佳再次發出奇怪的叫聲。這次又比剛才更大聲。

母親因此困惑地歪了一下頭。

「……妳不記得了嗎？」

「咦……應該……沒去過吧……」

「有去過喔。」

母親乾脆地如此斷言。

但又補上了一句「雖然我們兩個人只有一起去過一次」。

「因為千佳只要一去動物園就會很興奮……即使牽著妳的手，妳也會甩掉我跑走，又不肯乖乖聽話，所以我後來才覺得一個人沒辦法帶妳去。」

「……………」

千佳一聽，便逐漸想起一些模糊的記憶……

我隱隱約約……覺得自己……好像真的有去過……

按照母親的說法，千佳應該是有去過幾次動物園，但她卻告訴由美子自己從來沒去過。

當時還稍微營造出寂寥的氣氛……

就在千佳苦惱著該如何澄清時，母親又繼續補充道：

「不管提醒妳幾次，妳都還是會去找動物麻煩，然後一被嚇到就會立刻哭喊著想回家，真的很難帶……我想起來了，妳之前看到河馬時——」

「媽、媽媽！我、我還有事情要忙……！」

千佳強硬中斷話題，快步返回房間。

她在出乎意料的場合得知了許多令人難為情的過往……各方面來說都是如此……

NOW ON AIR!! 第49回

「那麼，要開始閱讀來信了。化名『大叔臉高中生』同學的來信。『夕姬、夜夜，早安。』早安。」

「早安～」

「『聽說草莓塔已經開始製作第三張單曲了！公布消息的特別節目也敲定了，我非常期待呢！我絕對會收看的！』嗯，謝謝。沒錯，雖然晚點也會告知大家，但特別節目也已經定下來了，請務必要收看喔。」

「請多指教嘍～除了我們以外，乙女姊姊當然也會出席特別節目。希望到時候能跟大家聊到錄音的事情，以及新單曲的曲調。不曉得能不能放一部分的曲子給大家試聽？」

「包含這部分在內，只能說敬請期待了。之後發公告時，會公布更詳細的消息。那麼，來看下一封信吧。」

「好好好。化名『乓乓乒乒乓』同學的來信。呃……」

「……夜？」

「嗯！我知道了！這封信是在上一集播出前寄來的吧？啊，是這樣嗎？呃，接下來唸的來信，好像全都是在第48回播出前寄來的信！因為DVD是在第48回播出前發售，所以才變成這樣！也就是所謂『時空的扭曲』！」

「咦，聲音好尖。小夜怎麼突然跑出來了？」

「呵呵，這是為什麼呢？我要開始唸嘍。『我看過DVD了！最讓我印象深刻的，還是夕姬說出自己是如何看待夜夜，坦白說出真心話的偷拍片段！』。」

「啊！」

「『我以前一直以為妳們感情真的很差，都不知道原來夕姬是那麼想的。請夜夜一定也要說出自己的真心話！』，這位聽眾是這麼說的呢！」

「……」

「小夕？」

「大家好～我是小夕～咦，也有許多關於休息室那段影片的感想呢！呃～『雖然讓人看得很害羞，但很棒。』『讓我想起自己的國中時期』『讓人跟著感到羞恥的天才』。」

「是啊！那段影片的氣氛真的很讓人害羞呢！除此之外，跟『乓乓乒乓』同學一樣，『也想聽夜夜真心話！』的來信也很多呢！」

「原、原來如此～……這、這部分在上一回的新單元有提到吧～？」

「是、是啊……大家應該都聽過了吧？期待各位對新單元的感想信件！不對，也不用太期待……呃～下、下一封！來唸下一封信好了！」

to be continued……

在由美子去探望乙女後，又過了幾天。

乙女休息一天後，身體就好了很多，之後還傳訊向由美子道謝。

「我絕對會找機會補償妳！」——乙女的簡訊，讓由美感到十分期待。

而今天就是要補償她的日子。

愛心塔發表第三張單曲的特別節目。

乙女答應由美子，等節目結束後要帶她去吃好吃的東西。

直播是從晚上開始，為了配合彩排和事前討論，她們要提早幾個小時進錄音室。

由美子和千佳已經準備完畢，在休息室待命了。

「姊姊好慢喔。」

在休息室閒得發慌的由美子，嘟囔著說道。

原本在滑手機的千佳瞄了她一眼。

「現在還沒到集合時間吧。又不是連等一下都不會的狗。」

「啥？我才不想被貪吃鬼渡邊說是狗。妳才是一看到食物就會開始流口水吧。」

「又來了。我真的很討厭妳這種地方。妳好歹也體諒一下我這個得被迫聽妳自言自語的人。妳是希望別人理會妳嗎？怎麼了～？我可以陪妳商量喔～如果妳是想要有人對妳說這

些話，拜託回妳自己的地盤討拍。」

「這傢伙……是是是～對不起喔。因為渡邊太沒存在感了，害我都忘記妳在了。為了突顯存在感，可以請妳一直大吼大叫嗎？」

「真好笑～嘻嘻嘻～我試著模仿在教室裡刷存在感的人了。這樣可以嗎？」

「啊～我什麼都聽不見。妳的忍者技能點太高了吧。真羨慕渡邊在上課時也能隨時去洗手間。但妳實在太沒存在感了，或許會被人關燈呢。感覺連警報器都不會對妳有反應，真可憐。」

「不不不，你們去洗手間的時候才可憐吧。如果不一群人一起去，連門都打不開吧。難道按鈕上有必須多人一起按才會啟動的機關嗎？」

「渡邊應該無法理解想多跟朋友在一起久一點的想法吧。在以友情為主題的動畫裡，妳到底都是怎麼表演的？是用想像中的虛構朋友來揣摩角色嗎？還是說對妳而言，朋友本身就是奇幻作品裡的存在？」

「又來了又來了，又開始妳最擅長的展示優越感了。這種認為朋友多就了不起的想法，真是膚淺到讓人想笑。這年頭要炫耀的應該是現實追蹤者人數吧～」

「妳這傢伙……」

就在由美子被千佳惹怒時，有人敲響了門。

由美子一回應，就有一名工作人員將臉探了進來。

「差不多要進行事前討論了，請兩位過來一下。」

「咦？那個，乙女姊姊好像還沒來。」

「啊，剛才有收到聯絡……」

工作人員才剛開口，某人就幾乎同一時間衝了進來。

「早、早安！啊，對不起，我馬上過去！」

來人是乙女。

或許是用跑的過來，她現在滿頭大汗且氣喘吁吁。

乙女將包包放在桌上。朝由美子她們笑道：

「抱歉，我來得這麼匆忙！要開始事前討論了吧！」

乙女快速說完後，直接走出房間。時鐘上顯示已經稍微超過了集合時間。

由美子她們也連忙跟了上去。

然而，由美子看著快步走在走廊上的乙女，突然感到一陣不安。

她看起來還是一樣很忙。明明前陣子才身體不舒服，現在這樣沒問題嗎？

不過，現在就算擔心也沒用。

事前討論、彩排和正式直播的行程都非常緊湊，由美子根本沒什麼機會和乙女說話。

直到準備正式直播的幾分鐘前，她才總算和乙女說上話。

工作人員在其中一間錄音室準備了簡單的布景，讓由美子她們坐成一排。

幾臺攝影機和燈光對準這裡。

由美子看著工作人員忙進忙出，同時向乙女搭話：

「姊姊、妳還好嗎？雖然時間很緊迫，但妳會不會排太多工作了……」

考慮到前陣子的事情，由美子十分擔心。

不過，乙女笑咪咪地回答：

「放心，我沒事啦。只是今天路上有點塞車。」

乙女現在的笑容感覺跟平常截然不同。

這是為什麼呢？因為接下來要開始正式直播嗎？所以這個笑容是裝出來的嗎？

不對，她在私人時間和工作場合的笑容並沒有差很多。

明明應該是這樣，這股異樣感到底是什麼呢？

即使內心有些不安，時間仍會繼續流逝。

「正式開始，倒數一分鐘！」

因為工作人員如此宣布，由美子重新看向鏡頭。

前方的螢幕映照出三人的身影。

即使透過螢幕觀察乙女，她看起來仍是一副笑咪咪的樣子。

「「「愛心塔，第三張單曲發表紀念直播～！」」」

工作人員在播放出輕快音樂的同時下達指示，於是三人一齊喊出節目名稱。

她們笑著面向鏡頭揮手。下一個瞬間，畫面上充滿了留言。

因為這次乙女也有參加，無論觀看人數或留言區都十分誇張。

「大家好～！我是愛心塔的櫻並木乙女～！」

乙女輕輕微笑。

看見這完美的笑容後，由美子總算鬆了口氣，並覺得是自己白操心了。

她決定停止在意剛才的事，全力炒熱節目的氣氛。

「呃～我們收到了這樣的信件。化名『咆哮鯨魚』同學的來信。『希望愛心塔能舉辦演唱會！』呃～演唱會……演唱會啊……」

「雖然我們現在實質有兩張單曲，但曲子的數量還是不夠呢。」

「只要同一首歌唱三次就行了吧。加上安可曲唱四次。」

「啊哈哈……不過真想辦演唱會呢。就算是迷你演唱會也好。《搖擺戀情搖來晃去！》的舞蹈動作非常可愛，我個人很喜歡呢。」

「…………」

「…………」

「啊，妳們兩位該不會忘記了吧……？」

這段對話，讓周圍的工作人員們也笑了出來。

留言區的反應也很熱烈。

「不，姊姊……我們並沒有忘記。雖然沒有忘記……但可以請妳教我們一開始的部分嗎？」

「小夜澄，妳這種要求方式也太經典了吧？」

乙女像是被逗笑般，說著「真拿妳沒辦法」並起身。

留言區的反應瞬間變得十分火熱。

總是熱情服務粉絲的乙女，似乎願意當場獻舞。

——由美子之後將非常後悔自己做出如此輕率的發言。

事後回想起來，她應該要發現的。

乙女前陣子身體不舒服時，她也應該要更認真注意。

何況由美子自己之前才對乙女說過：

『人忙碌的時候身體通常不太會垮。因為一直繃緊了神經。』

在繃緊神經的期間，能夠無視一定程度的疲憊。

就算身體狀況不好，也能夠敷衍過去。

不過，那也是有極限的。人沒辦法無止盡地工作下去。

繃緊的線，遲早有一天會斷。

例如身體狀況差到連走路都走不穩，卻靠藥物勉強支撐的時候。

例如強忍著劇烈的頭痛，拚命趕往下個工作現場的時候。

偏偏是在這種時候——

乙女走到了鏡頭面前。

由美子望向螢幕。

上面顯示出乙女的臉。

然而，乙女的臉一出現在畫面中央，就瞬間變得蒼白。

由美子驚訝地將視線拉回眼前的乙女身上。

眼前的景象變成慢動作。

她的身體緩緩倒下。

乙女發出可怕的碰撞聲，當場倒在地上。

「姊姊！」

由美子聽見了這樣的慘叫聲。

她一時沒發現那是從自己喉嚨發出的聲音。

由美子立刻趕到乙女身邊。其他工作人員也立刻聚集到乙女的周圍。

「音樂！放音樂！然後叫救護車！還、還有聯絡她的經紀人……！」

工作人員慌張的聲音，讓由美子重新看向前方。

螢幕上的畫面被換成直播前的影像，目前正在播放音樂。

然而，留言的數量正以異常的速度增加。

由美子在倒地的乙女身邊蹲下。

她在猶豫能不能碰觸乙女。

乙女的臉色蒼白到讓人害怕，還不斷冒出冷汗。

乙女閉著眼睛，看起來已經失去意識，身體也一點力氣都沒有。

長長的頭髮散落在地上。

這個令人震撼的景象，讓由美子的呼吸開始變得急促。她的身體瞬間被恐懼支配。

「姊姊……姊姊……姊姊！姊姊！」

由美子哭著呼喚乙女，但後者毫無反應。這個事實讓她發自內心感到害怕。

身體不斷顫抖，眼淚停不下來，呼吸也變得十分急促。

不安的情緒湧了出來，彷彿要直接將她淹沒。

為什麼，為什麼不回答我，為什麼、為什麼？

「救、救護車，叫救護車，快，動作快！」

「歌種小姐，妳不用擔心！已經叫救護車了！」

「可是、可是……！」

由美子陷入混亂，忍不住向其他大人求助。

「妳冷靜一點。不管妳再怎麼慌張，也於事無補。」

千佳蹲在由美子身邊，將手貼在她背上。

然而，千佳的嗓音裡也充滿了動搖。

她也對這個情況感到不知所措，無法保持冷靜。

「渡邊……！」

由美子無計可施，只能依靠千佳。

她直接向千佳傾訴從內心湧出的恐懼。

「我、我的外婆，之前也是像這樣倒下，然後就再也沒起來了……！怎、怎麼辦，渡邊，怎麼辦……姊姊、姊姊她……！」

「沒事，沒事的。救護車馬上就會到。什麼事都不需要擔心。」

千佳輕拍由美子的背，她溫柔的嗓音，讓由美子勉強能維持理智。即使身子仍不斷顫抖，由美子還是緩緩恢復冷靜。

救護車很快就抵達，救護人員用擔架將乙女抬上車。

這段期間，乙女一直沒有醒來。

關於之後的事情，由美子只剩下模糊的印象。

她現在無法思考，只能茫然地癱坐在地上。

之後，她聽見千佳的聲音。千佳似乎在和導播說話。

「如果要重新開始直播，我這邊可以配合。櫻並木小姐將因為身體狀況暫時離席這件事，還是由其他演員親口傳達比較好。我不想讓觀眾們再繼續不安下去。就算只有我一個人，我也要上場。」

「說得也是。非常感謝夕暮小姐願意幫這個忙。我會製作大字報，可以請妳照唸嗎？後續的流程，就按照劇本進行。」

「好的。麻煩各位協助了。」

他們的聲音，讓由美子的意識變得稍微清楚了一點。

她擦掉眼淚，加入兩人的對話。

「不好意思，我也要上場。對不起，我剛才失態了。」

「夜……妳沒事嗎？」

千佳擔心地看向這邊。

由美子吸了一下鼻子後，點頭回答：

「我沒事。剛才對不起。我會好好演出的。必須連同乙女姊姊的份一起加油才行。」

「……說得也是。」

千佳淺淺一笑，然後就沒有繼續說下去。

之後，節目在只有她們兩人的情況下重新開始。

「哎呀，真不好意思，節目居然突然中斷了。姊姊身體好像有點不太舒服，所以先讓她去休息了。」

「對不起喔。雖然很抱歉，但接下來的節目將由我們兩個人來主持。」

像這樣打完招呼後，兩人勉強將節目進行到最後。

她們實在沒有餘力注意留言區，所以不曉得觀眾們說了什麼。

在節目結束的瞬間，由美子只覺得非常疲憊。

只要稍微舉起手，就會發現自己其實仍抖個不停。

好可怕。

真的太可怕了。不曉得乙女是否平安無事。她被送到醫院後，到底怎麼樣了？

重新開始思考這些事情後，乙女和外婆的身影就重疊在一起，讓由美子變得連站都站不穩。

「不好意思，夜的狀況不太好，我們可以回休息室休息嗎？」

聽見這樣的聲音後，由美子抬起頭。

千佳將手放在她的肩膀上，向其他工作人員如此問道。

「來，往這邊走。」

由美子乖乖讓千佳拉著她的手回休息室。

休息室內空無一人。這裡相當安靜，感覺周圍的聲音都變得十分遙遠。

看見乙女的包包還放在桌上時，由美子差點又要失控。

不安蔓延到身體的每一個角落。

然而，多虧千佳就坐在自己身邊，由美子才能勉強保持理智。

千佳一句話也沒說，緊盯著智慧手機。

「渡邊……剛才謝謝妳。多虧有妳幫忙……現在也是……謝謝妳……」

或許是內心已經被不安和恐懼所麻痺，由美子坦率地道謝。

千佳也認真地筆直看向由美子的眼睛。

「遇到那種情形，會慌張也很正常。何況妳奶奶以前還發生過那樣的事情。」

「嗯……」

千佳的聲音讓由美子感到放心。

雖然她心裡還是一樣不安，但情況也沒有再更加惡化。

「果然……還是上網路新聞了……」

千佳一臉不悅地看著手機。

當紅的年輕聲優在現場直播中倒下，想也知道會上新聞。

這和在舉辦演唱會之前扭到腳可不一樣。

事情變得非常嚴重。

「啊。經紀公司發布消息了。」

看來千佳是想確認乙女的安危。

她稍微移動手機的位置，讓由美子能靠在她的肩膀上看。

櫻並木乙女的推特和經紀公司的推特，都發布了相同的消息。

內容大致上是針對直播中途退場的事情道歉，以及交代事情的經過與原因。

『櫻並木乙女雖然身體不適，但沒有生重病或受重傷。只是保險起見，仍要暫時停止活動。』

她現在已經能夠正常講話，經過醫生診斷後，也確定是累積了過多疲勞。只要好好休息就不會有事。因此，接下來將暫時停止活動。

不過，關於下個月的演唱會，目前正在討論是否要中止……

千佳鬆了口氣。

「太好了。她只是太累，所以才會身體不舒服。雖然必須停止活動，但這樣也比較能好好休養……暫時可以放心了。」

「嗯……太好了……」

發自內心鬆了口氣後，由美子再也使不上力。

她甚至覺得只要乙女能好好休息，那暫停活動也是件好事。

看過乙女躺在床上的樣子後，由美子更加這麼覺得。

經紀公司也應對得相當迅速。他們很快就發布消息，讓粉絲們安心。

——不過，這讓由美子感到有點不太對勁。

「……現在就發表暫停活動的消息，會不會太早了？」

雖然經紀公司能迅速回應是件好事……但動作會不會太快了？

總覺得背後應該有其他原因，這讓由美子再次感到不安。

她還無法徹底放心。

不過，千佳看起來並沒有特別在意。

「畢竟是在直播中倒下。大概是覺得如果不立即處理，事情會朝不好的方向發展吧？」

是這樣嗎？希望只是這樣。

由美子輕輕按著胸口，看向被留在這裡的包包。

「幸好她有平安抵達醫院。」

「嗯……不過我是覺得妳有點過度擔心了……」

「我還以為妳想說什麼，妳沒看到她的臉變得那麼蒼白嗎？就算被嚇得癱坐在地也很正常吧。」

由美子在家門前與千佳談話。

因為不能一直占著休息室，兩人找了個適當的時機離開。

兩人離開錄音室時，千佳主動提議：

「我很擔心妳，我送妳回家吧。」

即使這份溫柔讓由美子感到有些困惑，但看來千佳是真的很擔心她。

可見由美子剛才有多驚慌失措。她的臉色到現在都還很差。

「那個……謝謝妳，渡邊。妳幫了大忙。」

由美子生澀地道謝。

千佳刻意聳肩回答：

「這沒什麼。單純只是如果連佐藤都倒下，我會很困擾而已。」

她刻意說些討人厭的話並轉過身。

然後，準備直接循原路回去。

「那我先走了。」

「啊！呃……那個，渡邊。」

由美子連忙叫住對方。千佳困惑地回頭。

由美子一看見千佳準備離開的樣子，就變得無法冷靜。

她的心裡再次湧出不安，想要留下對方。

「什麼事？」

「呃，那個……啊，對了！妳、妳難得來一趟，要、要不要順便吃個晚餐……我、我做給妳吃。」

「不用那麼費心啦。妳應該也很累了吧。」

「…………」

千佳乾脆的回答，讓由美子啞口無言。

平常明明那麼貪吃，為什麼偏偏今天這麼客氣？

雖然知道對方是在體貼自己，但由美子現在想要的不是這種體貼……

由美子緊盯著千佳看，後者因此皺起眉頭。

千佳搔了一下臉，輕聲說道：

「……佐藤。我不是個善解人意的人。如果妳不說清楚一點，我是猜不出來的。」

「…………………」

居然說出這種狡猾的話。

……不對，真正狡猾的人，應該是平常動不動就說對方「不了解人的心意」，現在卻要求對方「善解人意」的自己吧。

簡單來講，由美子現在覺得非常不安。

母親要到早上才會回來，她接下來必須在家裡獨自擔心受怕。

「我希望妳……來我家……」

由美子低聲嘟囔道。

即使知道這麼做很不符合自己的風格，但她現在內心就是如此膽怯。

千佳應該也明白這點吧。

她嘆了口氣，走了回來。

「打擾了。」

由美子在心裡鬆了口氣。

雖然知道自己是在利用對方的溫柔，但她實在不想一個人獨處。

兩人走進由美子家，踏上走廊。

走到一半時，由美子指向佛堂。

「抱歉，渡邊。我想給外婆上柱香。」

「嗯……說得也是。」

明明可以在客廳等，千佳還是一起走進了佛堂。

兩人跪坐在佛檀前，點燃線香。

由美子雙手合掌，回想起最喜歡的外婆。

原本一直都很有精神的外婆，突然就去世了。而那也已經是三年前的事情。

乙女倒下的樣子讓由美子聯想到外婆，並因此驚慌失措。

她明明再也不想經歷那樣難受的事情。

光是現在回想起來，就好像快哭出來了。

「……乙女姊姊不會有事吧。」

由美子忍不住如此嘟囔。

接著，千佳看著佛壇開口：

「如果真的那麼擔心，可以直接打電話給櫻並木小姐吧。既然她現在暫停活動，應該有時間講電話。」

由美子恍然大悟。

「……啊，說得也是。」

為什麼剛才都沒有想到呢？

她不斷低聲附和「還有這招」。直接問乙女就行了。

「……真是的。幸好我有跟來。」

千佳在一旁喃喃自語。

如果想要消除不安，直接去跟本人見面就行了。

只要聽到乙女親口說自己沒事，別人就能放心了。

由美子聯絡乙女後，對方表示可以在家裡見面，並答應讓她過去。

由美子帶著探望用的點心，走進熟悉的公寓。

按響門鈴後，門立刻就開了。

「小夜澄！對不起，真的非常對不起……！」

乙女一開始就先合掌道歉。

她現在將頭髮全往後綁，穿著輕便的居家服。不僅臉色看起來好了許多，聲音也很有活力。或許是因為有好好睡覺，黑眼圈也消失了。

乙女現在沒有化妝，但她原本就是個美女。

只要身體狀況不錯，就算沒化妝且穿著居家服，她仍是位漂亮的大姊姊。

看到她比想像中有精神後，由美子總算放下了心頭上的大石。

放寬心後，就變得有點想哭。

「哎呀，真是的。我當時超級慌張的。好難為情喔。」

「對不起。真的非常抱歉～我願意做任何事情補償妳！對不起，我是個沒用的前輩。」

乙女輕輕抱住由美子，不斷道歉。

這才是平常的櫻並木乙女。不如說，她看起來比平常還要有精神一點。

由美子欣慰地擦掉眼角的淚水。

「啊，不好意思。快點進來吧！我泡好喝的茶給妳喝！」

「謝謝，啊，我有買泡芙來。是姊姊喜歡的那間店。」

「哇～妳真是太貼心了。我以後在妳面前都抬不起頭了。」

兩人笑著走進房間。

或許是待在家裡的時間變長了，房間裡多少有點凌亂。例如放在桌上的茶杯、隨手擱置的雜誌，以及床上亂成一團的棉被。

不過，這樣才有生活感。

和擔心「她真的是在這裡生活嗎？」那時候相比，還是現在好多了。

「醫生生氣地說我工作過頭了。說我過勞，累積了太多疲勞和壓力，連經紀人都一起被罵了。」

「嗯……我也覺得姊姊工作過頭了……呃，真的是過勞吧？」

「咦？啊，妳擔心我是不是生了什麼重病嗎？沒有沒有。我之所以會倒下，單純是因為睡眠不足、發燒和各種有的沒的原因……我真的沒事啦～」

乙女的聲音十分開朗，看起來不像有所隱瞞。

看來她真的只是過勞。見乙女說得如此篤定，由美子總算鬆了口氣。

既然房間裡也開始恢復生活感，只要她繼續休息下去，應該就能恢復精神——

此時，由美子注意到一件事。

桌上放著劇本。

旁邊還擺著做筆記用的道具，劇本上明顯有做過記號的痕跡。

雖然因為是開靜音所以沒發現，但電視上也在播影片。

那是被按了暫停，還是半成品的動畫影片。

是事先交給有出演作品的演員，讓他們確認影像的影片。

為什麼目前暫停活動的乙女，要確認劇本和影像呢？

「呃……姊姊。妳已經確定什麼時候要復出了嗎？」

或許乙女是打算提早復出。

又或者是她單純無事可做，所以才想確認影像。

由美子抱著這樣的心願問道。

接著，乙女笑著回答。

她的眼神深處，透露出陰暗的感覺。

「嗯？啊……呃，我沒打算休息喔。明天就要復出了。畢竟我還有工作要做。」

乙女像是覺得理所當然般的說道。

由美子打了一個寒顫。

一股難以言喻的感覺在背上流竄。

即使隱約感到一陣惡寒，由美子仍不死心地繼續說道：

「呃。可是，經紀公司已經宣布妳要停止活動了吧？雖然我知道妳有工作，但還是不要勉強自己，休息一段時間比較好吧……等身體徹底恢復之後……」

「我已經恢復了。我沒事啦。因為經紀人不允許，所以我被迫一直休息到今天，但我明天就會去工作。」

乙女打斷由美子的話，笑著說道。

她露出這種笑容時，讓人覺得非常遙遠。

一陣門鈴聲，讓由美子猛然回過神。

乙女雙手合掌，苦笑著說道：

「抱歉，小夜澄。是我的經紀人來了。我之前不是把包包忘在工作現場嗎？她幫我把包包拿回來了。」

乙女說完後，就快步走向玄關。

由美子忍不住想逼問經紀人。

雖然乙女本人是這麼說的，但實際情形真的是那樣嗎？明明都公開宣布要停止活動了，有這麼容易就能復出嗎？

還是說，這只是乙女本人的獨斷呢？

……乙女真的已經沒事了嗎？

「嗯……？」

玄關似乎有人在吵架。

經紀人的語氣十分強硬，聲音甚至傳到了這裡。

「……所以……我就說……！聽好了……為什麼……」

她們究竟在說什麼呢？

由美子忍耐不去偷聽，接著換傳來一陣激烈的腳步聲。

看來是經紀人走進來了。

「……唔。啊，妳、妳好，歌種小姐。」

「啊。妳、妳好。」

或許是沒料到房間裡會有人，經紀人畏縮了一下。

然後，連忙跟由美子打招呼。

來人是櫻並木乙女的經紀人，水戶。

她是位年紀和乙女差不多的年輕女性。

留著短鮑伯頭，外表看起來相當嚴肅，連套裝都穿得相當筆挺。

沒想到由美子會在這裡的水戶動搖了一下，但立刻環視周圍，像是在尋找什麼。

然後，她一看見劇本和開著的電視，就不悅地咬緊嘴唇。

「櫻並木小姐！我已經說過好幾次了，妳接下來會暫時停止活動！必須好好休息才行！我絕對不會讓妳去工作現場！」

水戶大喊。雖然這段話聽起來像是在斥責，但也能隱約聽出她的焦急。

不對，水戶應該是感到不安吧。

像是要加深她的不安般，乙女緩緩歪了一下頭。

乙女維持著陰沉的眼神，理所當然似的回答：

「我會去工作喔。我不會休息。水戶小姐應該也很清楚吧。我不能休息。所以，我不會休息。我明天會去工作喔。因為我不能休息。」

乙女的語氣既平淡又缺乏感情。就連表情都徹底消失了。

水戶似乎也被對方的氣勢壓制，用力握緊拳頭。

她筆直凝視著乙女，清楚地說道：

「不管妳怎麼說，都要暫時停止活動。我已經聯絡了所有相關人員。就算妳本人過去，他們也不會讓妳工作。妳如果繼續保持這個樣子，我們也無法安排讓妳復出……！劇本和影片，我都要先帶回去。至少這段期間——」

「這樣不行！」

乙女打斷水戶，發出接近慘叫的聲音。

這道無論音量、語調還是其他的一切都失控的聲音，讓聽到的人都大吃一驚。

乙女的表情瞬間變得充滿不安。

她揪住拿著劇本的水戶，像個孩子般不斷喊著「還我、還我！」。

「姊、姊姊！妳、妳這是在做什麼？」

眼見狀況開始失控，由美子試著從後方阻止乙女。

接著，乙女換抓住由美子的兩側肩膀。

因為力道比想像中還要強，兩人一起跌倒在地上。

乙女絲毫不在意自己跌倒的事情，氣喘吁吁地問道：

「小夜澄，小夜澄妳應該能夠理解吧？我們不能休息。不能離開這個圈子。如果這麼

做，我們馬上就會被遺忘。會失去自己的容身之處。會消失。會失去一切。我說的沒錯吧？小夜澄應該能夠理解吧？」

「乙女姊姊……？」

乙女像是在胡言亂語般呻吟著。她看起來非常難過、煎熬。

雖然她試圖徵求由美子的同意，但無論她問幾次，由美子都無法回答。

水戶連忙趕過來。

「櫻並木小姐，妳這是在做什麼……！」

「不要！我、我不要休息，不能休息，不要、不要、不要……一旦休息，就再也無法回來……無法繼續當聲優……我不要失去容身之處……！」

乙女揮開水戶的手，當場蹲下並哭了起來。

而這不穩定的情緒，正是她必須休息的原因。

由美子只能愣愣地看著。

她買來的泡芙，不知何時已經掉在地上。

高中生廣播的錄音日。

由美子跟平常一樣單獨在會議室裡等待。

雖然她滑著手機，但根本沒在看內容，只是在移動手指而已。

「嗯。」

千佳進來後，輕輕點頭。

由美子也以同樣的方式，回了一個稱不上招呼的反應。

千佳坐到由美子旁邊，然後沉默不語。

「發生什麼事了？」

明明什麼也沒說的由美子一被這麼問，就立刻抬起頭。

她忍不住摸了一下自己的臉。

然而，她不曉得自己的表情是不是很怪。

「……我表現得這麼明顯嗎？」

「還好。只是氣氛像是那樣。」

由美子似乎有反常到會被千佳發現的程度。

即使現在才說沒什麼也來不及了。由美子在反省的同時，思考該怎麼說比較好。

接著，千佳率先開口：

「是跟櫻並木小姐有關的事情嗎？還是跟這個廣播節目有關的事情？」

跟廣播節目有關的事情——亦即芽玖瑠她們所說的，這個節目是否能夠繼續下去的問題。

如果沒將兩人的真心話傳達給聽眾，讓他們「安心」，這個節目就會結束。

「偷拍的片段……目前看起來沒什麼效果。」

朝加不止是看來信，還確認了網路上的反應。

結果，兩人的心情只有傳達給有看ＤＶＤ的人。

不過，並不是每位聽眾都會買ＤＶＤ。不如說會買的人只占少數。

所以，超過一半的聽眾都沒什麼改變。

現在也還有許多人對兩人的爭吵懷抱不安。

因此，節目才會立即推出由美子的新單元「歌種夜澄的信」。

「這部分，就只能相信佐藤的單元了。朝加小姐也有說過，ＤＶＤ不過是個開場。」

沒錯。朝加在轉達網路上的反應後，還說了這樣的話：

『ＤＶＤ只是用來向大家宣告妳們想法的轉變，就像是一個契機。』

所以，還要過一段時間才能看見結果——似乎是這樣。

她們還沒聽說「歌種夜澄的信」效果如何。

不過，由美子討厭聽到這個會讓她感到難為情的單元，她想說的也不是這方面的事情。

而是乙女的事情。

由美子希望千佳能聽一下，並陪她一起商量。

千佳和由美子一樣，都曾親眼目睹乙女倒下時的狀況。

此外，千佳還是同一個團體的成員，並非毫無關係。

由美子用力吐了口氣後，開口說道：

「其實……」

她毫無隱瞞地說出前陣子在乙女家發生的事情。

不僅如此，還有她不惜惹乙女生氣的決心。

千佳就這樣默默聽完。

「妳覺得如何？」

說完所有想說的話後，由美子向千佳問道。

千佳雙手合掌，凝視著自己的手指。

然後，她維持著這樣的姿勢開口：

「我能理解櫻並木小姐的心情與擔憂。雖然要看期間長短，但我如果停止活動，也難免會受到很大的傷害。一旦被粉絲遺忘，我或許就會失去容身之處。」

這點也同樣適用於歌種夜澄。

停止活動，換句話說就是從業界消失一段時間。

無論動畫，還是其他節目，都會暫時看不到那個人。

粉絲究竟會不會繼續支持一個待在自己視線範圍外的人呢？

自己的位置會不會被其他聲優取代呢？

只有人氣已經穩定下來的聲優不會那樣，像歌種夜澄和夕暮夕陽這種聲優，應該很快就會被淡忘吧。

所以，千佳的母親以前要求她「暫停活動一年半」時，千佳才會強烈反對。

一年半後，自己一定已經沒有容身之處了。那個位子早就被別人搶走了。

這就是乙女不想休息的原因，以及她擔憂的理由。

然而——

「但櫻並木小姐應該不用擔心吧。雖然不至於沒有影響，但我不認為她的地位有脆弱到稍微休息一陣子就會動搖的地步。」

由美子也贊同千佳的意見。

櫻並木乙女現在的人氣確實相當穩固。

她就算休息，影響也不會像由美子或千佳那麼大。

就算休息一年半，她也一定能夠回歸。

「不過，姊姊在害怕。她說自己一休息就會失去容身之處時，是認真的。還哭著說不要休息。即使努力說服她事情不會變成那樣，她還是不肯聽。」

「……只是因為櫻並木小姐對自己的評價太低了吧？畢竟她非常謙虛。」

「不，姊姊在這方面意外地冷靜。」

她是因為沒有意識到自己多受歡迎，才會感到不安。

由美子也考慮過這個可能性，但之後立刻打消想法。

乙女對自己的評價不可能錯得那麼離譜。她知道自己很受歡迎。

正因為如此，之前陪睡嫌疑事件爆發，讓千佳的人氣跌到谷底時，她才會認為自己幫得上忙並伸出援手。

「背後應該有什麼原因。某個我們不知道的原因。」

「嗯……或許是過去曾經發生過什麼事。我試著問過加賀崎小姐，但她好像也不知道。」

由美子嘆了口氣。

如果連消息靈通的加賀崎都不知道，這件事打探起來或許非常困難。

兩人還沒有結論，朝加就走進了會議室。

雖然試著打探了一下，但朝加和乙女原本就沒什麼交集。最後還是沒有答案。

平常只要一錄完音，千佳就會立刻回去。

而由美子則是會盡量留下來與人聊天。

或許是因為兩人今天都在想事情。

由美子沒有與人閒聊就離開錄音間，千佳則是收拾得比平常慢。

等注意到時，兩人已經一起走在走廊上。

話雖如此，她們也沒特別講什麼，只是默默地走路。

所以，兩人很快就發現了。

「啊。是小玖瑠和花火小姐。」

她們在走廊前方，看見之前拍外景時曾關照過她們的兩人。

芽玖瑠和花火正悠閒地邊走邊談笑風生。

雖然芽玖瑠應該會不高興，但還是得和她打個招呼。

她們一走向兩人，千佳就低聲說道：

「……柚日咲小姐和花火小姐，應該和櫻並木小姐同期吧。」

由美子恍然大悟。

沒錯。這三個人的演藝年資應該是一樣的。

或許芽玖瑠和花火會知道什麼和乙女有關的事情。

由美子和千佳對望了一眼後，急忙走向芽玖瑠她們。

然後——

由美子看見了芽玖瑠嬌小的背影。

最近接連發生了許多令人難受的事情。由美子一想到乙女的事情，就覺得胸口好像要裂開了。

她同時也思考了許多事情。讓廣播節目繼續下去、乙女身體不舒服、與千佳之間的關係。

因為大腦和內心都承受了很大的負擔，由美子最近也瀕臨了極限。

而她在這種狀態下看見了芽玖瑠可愛的背影——

「小玖瑠～」

於是就直接抱住了對方。

「咿……！」

芽玖瑠全身緊繃，就這樣僵在原地。

她的手臂和肩膀都極度緊張，上半身也變得直挺挺的。

不過，芽玖瑠的身體就算這樣也還是很柔軟。

體型也正好適合抱在懷裡。

「小玖瑠～不好意思，我有事情想問妳。妳現在方便嗎？啊，花火小姐。前陣子謝謝妳幫忙。不好意思，打擾到妳了。」

「沒……沒關係啦……！我、我才是，該為偷拍的事情道歉……！」

花火抱著自己的肚子，笑得肩膀不斷顫抖。

看來芽玖瑠的反應戳到了她的笑點。

芽玖瑠因為是突然被人從背後抱住，所以全身都繃得很緊，看起來真的很僵硬。

由美子將頭湊向芽玖瑠的脖子，觀察她的表情。

她嚇到眼睛睜得老大，連嘴巴都合不攏。

「小玖瑠，妳有在聽嗎？」

「……啊……放、放開我……啊……不要……在我耳邊說話……」

「主、主題……『被崇拜的偶像抱住迎接死期的人』……！」

花火還是一樣笑個不停，痛苦到喘不過氣來。

芽玖瑠紅著臉不斷喘氣，專心凝視前方。

「啊……小玖瑠能夠讓人感到心情平靜呢。有種被治癒的感覺……」

「————————啊……………」

「佐藤。妳還是適可而止吧。柚日咲小姐真的要死了。現在不是玩樂的時候吧。」

千佳拍著由美子的背勸阻後，由美子才不甘不願地離開。

現在確實不是玩樂的時候。

本來以為芽玖瑠會大發雷霆，結果她居然直接癱坐在地上。

「我受夠了……」

芽玖瑠如此喃喃自語，花火一聽便開始大笑。

「啊……太有趣了……那麼～小歌種。妳找我們有什麼事？妳剛才說是有事情想問吧？」

「沒錯。是一個非常正經的話題。」

「既然要談正經的話題……！就別做……這種事情啦……！」

芽玖瑠發出極度低沉的聲音，搖搖晃晃地起身。

她的表情變得很怪，所以就算生起氣來也不可怕。

由美子隨口「道歉」後，芽玖瑠又變得更加生氣，於是由美子趕緊繼續說下去：

「是關於乙女姊姊的事情。」

一搬出乙女的名字，氣氛就變得十分凝重。

芽玖瑠和花火的表情也跟著產生變化。

當然，兩人也都知道乙女倒下的事情。

考慮到這件事的性質，氣氛會變成這樣也很正常。

不過，由美子感覺不只是因為這樣。

「兩位和姊姊是同期吧。如果妳們知道些什麼，請告訴我們。姊姊對暫停活動抱持過度的恐懼。她現在非常害怕。所以我猜可能是以前發生過什麼事情，應該是有什麼原因讓她變成這樣。但我不知道是什麼事。」

兩人沒有立刻回答由美子的問題，而是互望了彼此一眼。

最後是芽玖瑠先開口：

「妳知道了又能怎樣？」

由美子本來想開口回答，但不曉得該說什麼。

……知道了又能怎樣？

她還沒有做出決定。

不過，她想知道。

「我不知道。不過，如果有什麼我能做到的事情，我想去做。如果能幫得上姊姊一點忙，那我想要幫忙……我不想看見姊姊那個樣子。」

由美子吞吞吐吐地說出腦中想到的話。

不過，這是她毫無虛偽的真心話。

想幫忙。不希望乙女露出那種表情。希望她能像平常那樣展露笑容。

然而，芽玖瑠沒有繼續說下去，只用冰冷的眼神看向這邊。

接著，換千佳開口。

她以堅定不移的視線，看向芽玖瑠她們。

「我們和櫻並木小姐是同一個團體。所以自然會希望她能早日復出。」

千佳以平淡的語氣如此說道。

芽玖瑠像是想要躲避她的視線般，別開目光。

「好吧。我可以把我知道的事情告訴你們。」

「！花火。」

芽玖瑠急忙抓住花火的手臂。

花火以平靜的笑容回應一臉擔心的芽玖瑠。

「我覺得告訴她們沒關係。她們也應該要知道這些事情。畢竟她們還是高中生。」

芽玖瑠依然無法釋懷，但看起來也沒打算阻止。

她最後只嘆了口氣。

花火轉向兩人，笑著說道：

「妳們兩個，喜歡吃火鍋嗎？」

花火表示接下來要在家裡開火鍋派對。

她邀請兩人一起去，打算邊吃火鍋邊慢慢說明。

由美子和千佳接受這個邀約，然後一起走在芽玖瑠她們後面。

一行人先去超市採購，然後直接前往花火的房間。

「花火……為什麼要特地帶她們回家？有需要做到這種程度嗎？」

「芽玖瑠，不用那麼生氣吧。她們平常很照顧妳，所以我也想趁機跟她們道謝～」

「我才沒受到她們的照顧。不如說是我在照顧她們。妳知道她們欠了我多少人情嗎？」

芽玖瑠不斷抱怨，花火則是笑著安撫她。

兩人貼得很近，所以氣氛不像她們說的話那麼緊張。

看著花火開心的樣子，由美子忍不住懷疑她單純只是「想讓芽玖瑠感到困擾」。

「……夜祭小姐真的太喜歡柚日咲小姐了。」

「小玖瑠也一樣。要是能變成那樣就最好了。」

由美子覺得自己和千佳實在不太可能變成那樣的關係。

光看千佳的態度，就覺得很難跟她變得親近。

「要是渡邊的性格能再更可愛一點……」

由美子忍不住如此嘟囔。

接著，千佳就狠狠瞪向這邊。

「什麼？如果妳有什麼怨言，要不要乾脆直接說出來？」

「我是說要是渡邊能更坦率一點更了解別人的心情更體貼別人更有協調性更懂得發問語氣也更客氣一點就好了。」

「哪有人會像妳這樣一口氣講這麼多啊？妳剛才那句話裡包含了這麼多感情嗎？塞太多字了吧。是最近看了什麼純文學作品嗎？這樣很不適合妳，以後還是別再這麼做了。」

「別擅自決定別人喜歡看什麼，還有可以別擅自把我當成笨蛋嗎？妳替人貼的標籤也太隨便了。妳根本就是在用標籤對產地造假。要貼就認真貼啦。」

「哎呀，真是對不起。因為平常都是我單方面被貼標籤，所以不太清楚呢。我跟妳這種會大量生產陰沉或其他標籤的工廠不同，只能自己獨力製作。」

「但我覺得妳看起來還滿會貼的啊。光靠大量生產，應該是贏不過妳貼標籤的技術，就連專家都比不上妳呢。妳要不要乾脆自稱是貼標籤的人類國寶啊。」

「又來了。我真的很討厭妳這種地方。雖然佐藤從剛才開始就一直在抱怨，但我這邊可是也有很多意見。真要說起來，妳啊——」

「啊，不用了，我又沒問妳。」

「喂！明明自己自顧自地說了一堆！這樣太狡猾了吧！」

兩人跟在芽玖瑠她們後面時，一直像這樣爭吵不休。

在超市買東西時，千佳當然不用說，就連由美子也沒幫上什麼忙。

芽玖瑠她們的動作十分熟練，一下就買好了東西。

由此可以看出她們經常做這樣的事情。

由美子她們能插上嘴的，頂多就只有喜歡的食物和自己的食量而已。

一行人提著購物袋，走在夜晚的路上。

然後，花火將臉湊向芽玖瑠。

「要在誰的房間煮？」

「如果花火不介意的話，就在妳房間吧。我不想讓聲優進自己家。」

花火一聽，就哈哈大笑。由美子也覺得芽玖瑠真的做得很徹底。

從車站走一小段路後，就能抵達花火住的公寓。

那是一間非常普通的套房。

「來來來，請進請進。」

花火在玄關脫著鞋子說道。

芽玖瑠沒特別說什麼，就直接走進去。

「打擾了。」

「打擾了……」

由美子將鞋子擺好後，走進房間。

「這麼說來，除了芽玖瑠以外，我還沒招待過其他聲優來家裡呢。」

花火自言自語地說道。

因為花火邀約時表現得非常自然，所以這讓由美子感到有些意外。本來以為其他聲優也有來這裡玩過。

看來「為了答謝平常對芽玖瑠的照顧」這個說法，並不是單純的藉口。

如同芽玖瑠以前說過的那樣，花火也一樣只要有芽玖瑠就夠了。

房間裡的東西不多，而且被整理得很整齊。

既不會顯得太可愛，也不會顯得太時髦，是個讓人覺得非常自在的房間。

房內擺了兩個坐墊，由美子想著「芽玖瑠應該很常來吧」。

「兩位隨便找地方坐吧。火鍋我們來準備就行了。我肚子已經餓扁了。」

「我、我也來幫忙。」

「不不不，不用了啦。我們兩個人來就好。啊，之後再拜託妳們幫忙洗碗吧。」

仔細想想，套房的廚房確實是比較小，兩個人用應該就很擠了。

由美子已經知道千佳根本無法幫忙做菜，所以讓她幫忙洗碗或許會比較好。

芽玖瑠已經站在廚房裡，而且看起來依然相當不悅。

「別那麼生氣啦。」

「我沒有在生氣。」

花火用身體撞了一下芽玖瑠，開始跟她嬉鬧。

芽玖瑠的表情也因此變得和緩。由美子很羨慕那兩人相處時的柔和氣氛。

她和搭檔的氣氛總是很容易就變得緊張。

平常也完全不會一起嬉鬧。

「……………」

由美子打算仿效芽玖瑠她們，稍微試著嬉鬧一下。

「渡邊～」

由美子拍了一下千佳的肩膀後，將食指對準她。

只要千佳一轉頭，臉頰就會被食指戳到……這是很典型的惡作劇。

「唔。」

千佳輕易上鉤，手指直接陷入她的臉頰。

啊，好可愛。

她露出驚訝的表情，好奇地凝視由美子的手指。

「…………唔。」

然而，千佳立刻瞪向由美子，全力將後者的食指推回去。

由美子的食指被用力扳彎。

「好痛好痛好痛要斷了要斷了要斷了！笨蛋笨蛋笨蛋！」

由美子連忙把手縮回來，千佳哼了一聲就將臉別開。

這傢伙真的是有夠不可愛……

由美子不想繼續理會千佳，再次望向花火她們。

花火俐落地從購物袋裡拿出材料。

不過，她拿到一半就露出疑惑的表情。

「咦？我沒買柚子醋嗎？」

「沒有呢。妳家沒有嗎？」

「啊～我用光了。這樣啊，這下不妙了。」

因為花火搔著頭露出困擾的表情，由美子舉起手說道：

「啊，那我去買吧——」

「芽玖瑠，不好意思，可以從妳房間拿柚子醋過來嗎？啊，順便拿一下坐墊。」

「嗯。」

雖然兩人的聲音重疊了，但由美子還是有聽見花火說的話。

「啊，笨蛋。」

芽玖瑠露出焦急的表情。這讓由美子心裡的疑惑轉變為確信。

從兩人剛才的對話來看——

「……妳們該不會住在同一棟公寓吧？」

千佳觀察眼前的狀況，戰戰兢兢地問道。

花火笑著別開視線，芽玖瑠則是抱著頭懊惱。

花火死心似的指向牆壁。

「芽玖瑠是我鄰居。」

「她、她住在妳隔壁嗎？」

光是住同一棟公寓就夠讓人驚訝了，沒想到兩人還是鄰居。

「咦，這、這是碰巧的嗎……？」

明明不可能是這樣，由美子還是忍不住詢問。

花火敷衍似的笑道：

「哎呀，我們之前剛好在同一個時期搬家，又找到了不錯的房間，所以順勢就……」

由美子一聽，就發出不曉得算不算是感嘆的聲音。

雖然知道兩人很要好，但沒想到要好到這種程度……

「……這件事是不是保密比較好？粉絲們應該不知道吧？」

芽玖瑠回答千佳的問題：

「……請妳們這麼做吧。雖然沒有特別保密，但感覺也錯過了公開的時機。真是的……我的祕密怎麼會一直洩漏給妳們……」

芽玖瑠感嘆的樣子，讓人覺得有點可憐。

火鍋很快就完成了。

芽玖瑠和花火準備的食材比想像中多，而且沒想到她們還有煮飯，但這主要是花火要吃的吧。

一行人津津有味地吃著火鍋，開心地閒聊。

多虧了有花火在，芽玖瑠的話也變得比平常多，千佳則是只要吃到好吃的東西就會很開心。

在這美好的氣氛中，花火像是突然想到什麼般開口說道：

「對了，小歌種。我看了那個喔，妳表現得很棒呢。」

「？」

由美子正在吃白菜，所以無法回應。

就在她努力咀嚼時，花火豎起手指說道：

「『幻影機兵Phantom』！白百合死去的那一集！那集造成了許多迴響呢。我看過後也嚇了一跳喔。沒想到小歌種也能發揮出那樣的演技～」

「那……那一集啊。」

由美子嚥下白菜後，只能難為情地做出微妙的反應。

由美子扮演的白百合．梅伊死去的那一集，在網路上掀起了話題。

「演得真的是太好了。」「死前的叫聲，讓我都起雞皮疙瘩了。」「演那個角色的聲優真的是新人嗎？」「夜夜的演技變好了呢。」「我看過後就變成她的粉絲了。」「那集真的很不得了。」

網路上出現了許多像這樣的正面感想。

加賀崎非常開心地將這些事告訴由美子。

雖然由美子現在也一樣不會搜尋自己的資訊，但因為加賀崎只有在那時候下達了許可，因此她還是稍微確認了一下。

由美子當時只是全心全力在發揮演技，所以能像這樣獲得認同，讓她感到很開心。

花火繼續發表感想：

「特別是那段死前的吶喊，讓我大吃一驚呢……真的超有魄力。光是那段場景，我就看了好幾次呢。還看到整個人都愣住。真的是很厲害。」

「嘿、嘿嘿，是這樣嗎，嘿嘿……謝、謝謝誇獎……」

由美子只能害臊地笑著。

自從當上聲優以來，她第一次被人像這樣稱讚。

所以難免露出笑容，發出興奮的聲音。

……然而，氣氛不知為何開始變得緊張。

原因是千佳和芽玖瑠都不發一語地不斷吃著東西。

兩人完全沒有參與對話，默默地動著手和嘴巴。

「——什麼事？」

「不，沒事……」

由美子瞄了千佳一眼後，對方立刻不悅地瞪了回來。

在那次錄音之後，千佳就很少提起「幻影機兵Phantom」的話題。

因為由美子隱約察覺了原因，所以之後也沒有再主動提起。

不過，芽玖瑠為什麼都不說話呢？

由美子當時也有找芽玖瑠商量過，所以事後也有去向她道謝。

由美子報告「錄音非常順利」時，芽玖瑠只冷淡地回了一句「是喔」。

花火注意到了由美子看向芽玖瑠的視線。

她笑著開口：

「那集播出之後，我本來還沒看，但芽玖瑠立刻衝來我家，興奮地對我說『現在快點看！』呢。」

「花火。」

芽玖瑠閉著眼睛，靜靜警告對方。

花火露出像在說「唔哇」的表情後——若無其事地繼續說道：

「然後啊，她說『夜夜做到了！她成功了！』，她當時看起來真的很開心呢。眼神就像個孩子般閃閃發光。難得看到芽玖瑠這麼興奮呢～」

「花火？」

「我們後來一起看那一集，芽玖瑠看到都哭了呢。雖然她看的時候非常安靜，但看完後就一直稱讚妳。之後還喝酒喝到醉倒呢。」

「花火！」

「在網路上成為話題時，她還哭著大喊『夜夜總算獲得認同了』呢。然後啊……」

「我再也不陪妳吃宵夜了。」

「啊啊抱歉抱歉抱歉，芽玖瑠原諒我啦！」

花火拚命向終於生氣的芽玖瑠道歉。

雖然同情被人爆料的芽玖瑠，但由美子果然還是很開心。

她害羞得全身發癢，但心裡還是充滿了暖意。

或許是因為兩人開始大吵大鬧，千佳以只有由美子聽得見的音量說道：

「——因為最後一集還沒播。」

「…………」

現在的由美子，已經能夠聽懂這句話的意思。

千佳停止表現出不悅的樣子，開始正常地舀火鍋來吃。

「啊，對了。我也很喜歡小夕暮在那一集裡的演技喔。」

或許是已經和芽玖瑠達成結論，花火再次開啟話題。

「……謝謝誇獎。」

「哎呀，我可不是在說客套話。該說是相輔相成嗎？妳們兩個都表現得很棒。明明周圍有像森小姐和大野小姐那樣的老手，居然還能徹底發揮出演技。尤其是那個場景。雖然大部分的人都把注意力放在小歌種最後的吶喊，但另一段也很棒呢……就是『看這裡啊！妳真的是個無藥可救的人……』那段。」

花火一唸出這段臺詞，由美子就反射性地看向千佳。

千佳也正看向這裡。兩人對望了一眼。

或許是在家裡練習過很多次的後遺症，兩人不禁跟著唸出臺詞：

「別東張西望！看這裡啊！」

「妳真的是個……無藥可救的人……！」

「噗！」

就在花火指著兩人大喊「就是那一段」的同時，芽玖瑠也忍不住噴氣。

雖然她有忍住沒把嘴巴裡的東西吐出來，但反而因此嚴重嗆到。

「咳咳咳咳！嗯，咳咳咳咳……！咳……真是的……為什麼要在這時候……天堂和地獄……咳咳咳……！」

芽玖瑠嗆到連眼淚都流出來，花火急忙輕輕幫她拍背。

四個人一起吃火鍋真的很開心。

不過，她們今天不是專程來開心吃飯的。

「……那麼，差不多可以請妳告訴我們了吧？」

吃完火鍋休息了一會兒後，眼前已經放著熱茶的由美子如此問道。

「為什麼乙女姊姊那麼害怕停止活動？」

由美子的這個問題，讓氣氛瞬間變得緊繃。

花火啜飲了一口茶後……緩緩開口：

「你們有聽過一位叫『秋空紅葉』的聲優嗎？那個人和我、芽玖瑠與乙女同期。」

「嗯……啊，我是知道有這個人。」

雖然突然跳出其他人的名字讓由美子有點困惑，但她並非不認識那個人。

她同時接連回想起那名聲優飾演過的角色。

稍微回想了一下後，千佳率先開口：

「那位聲優幾年前聲勢非常旺呢。我記得她是隸屬於多里尼堤。」

「咦，是這樣嗎？」

由美子將注意力轉移到那裡。她不知道那位聲優和乙女隸屬於同一間經紀公司。

花火輕輕點頭。

「隸屬於多里尼堤。然後，在進入業界第二年到第三年的期間突然爆紅。她當時工作真的是接不完呢。不僅比乙女早爆紅，工作量也非常大。」

這麼一說，由美子也跟著回想起來。

在由美子的記憶裡，秋空紅葉是位氛圍與別人截然不同的聲優。

雖然她長得很漂亮，但不是會透過笑容或談話炒熱氣氛的類型。

她清爽的嗓音和流暢的說話方式讓人印象深刻，獨自主持的廣播節目也相當受歡迎。

再加上精湛的演技，使得她具備不像新人會有的魄力與魅力。

由美子清楚記得自己當時聽過她的廣播與演技後，還很驚訝她居然是個新人。

芽玖瑠懷念似的扳著手指計算——

「『來自地獄的痛哭』的安瓊、『聖誕老人沒來』的荒川奈奈、『鎖、鎖、鎖！』的無花果、『古典新世界』的范塔希亞、『我的青春不管怎樣都是最底層！』的小鳥遊花實、『鬆軟麵包短篇集』的胡桃美留久……總之她參演了許多作品。」

然後滿意地點頭。

雖然比起聲優，這段發言更像是出自於一名聲優的粉絲口中，但芽玖瑠立刻恢復聲優的表情繼續說道：

「不過，讓秋空紅葉開始爆紅的契機，絕對是那部作品。」

「嗯。『筆直向前』。」

芽玖瑠和花火對著彼此緩緩點頭。

對這個作品名稱有印象的由美子也跟著發表感想。然後，千佳也一樣。

「啊，我有看過。我還有看電影版。」

「我也有看過。連原作都一起看了。」

看來在場的人都知道那部作品。「筆直向前」就是如此舉足輕重的作品。

那是一部以弓箭社為舞臺的少女漫畫，推出後大獲好評。

因為是部無人不知的作品，就連平常沒在看動畫的人都有看過。

不僅在學校也掀起了話題，當時教室內無論男女，都曾多次上演「你看過『筆直向前』了嗎？」「看了～超好看的～」的對話。由美子也有和班上的朋友一起去看電影版。

她這才想起來。

在得知「筆直向前」的女主角——那須弦是由秋空紅葉飾演時，自己還曾想過「咦，是新人演的？」。

這麼說來，秋空紅葉在那之後確實一口氣出演了許多作品。

以某部作品為契機獲得許多工作機會，在這個業界並不是什麼罕見的事情。

花火雙手抱胸，談論起那件事。

「我當時還想著『啊，被她領先了！』呢。我那時候真的很不甘心。真討厭。果然還是沒辦法不去在意自己的同期呢。」

「咦，是這樣嗎？我都不知道。」

「芽玖瑠與這種事情無緣呢～雖然這種話不需要特別明講……但說來丟臉，我以前也曾將小乙女視為勁敵呢。現在實在不好意思說這種話。」

「喔……這我也不知道呢。」

兩人針對這個話題討論得非常熱烈。

不過，由美子也能夠感同身受。

與自己親近的聲優搶先獲得成功，然後對其產生嫉妒。

那是一種讓人內疚又討厭的感情。

不過，知道其他人也會有同樣的感受，讓她在心裡鬆了口氣。

由美子喝了一口茶，漫不經心地想著「和乙女姊姊同期應該會很辛苦」。

此時，她突然察覺一件事。

「秋空小姐最近有出演什麼作品嗎？」

這是個非常單純的疑問。

秋空紅葉過去曾出演多部動畫作品，是個走在熱門聲優之路上的人。

然而，現在回想起來，最近似乎都沒有看到她的名字。

當然，也沒有在工作現場遇過她。由美子沒有參與過有她出演的作品。

由美子本來以為單純是自己不夠敏感……但看了兩人的表情後，便立刻明白事實並非如此。

「後來發生了什麼事嗎？」

千佳如此問道。

花火露出苦笑，像是覺得難以啟齒似的開口：

「大約是在正好邁入這個業界第三年的時候。她停止了活動。因為突然生病。」

「停止活動……」

這是前幾天才剛聽過的詞彙。

乙女因為工作太多太忙而倒下，所以暫時停止活動。

由美子想著「該不會——」。

或許是從眼神察覺到了由美子的想法，芽玖瑠點頭說道：

「當時，這個消息在各個經紀公司之間流傳，我問了經紀人才知道。秋空小姐因為排了太多工作而無法負荷，然後就崩潰了。」

……簡直就跟現在的乙女一樣。

身體的狀況跟不上超越極限的工作量。

於是只能被迫停止活動。

然而，大眾將憤怒的矛頭指向了導致這個狀況的經紀公司。

明明過去也發生過一樣的事情，為什麼又重蹈覆轍了？

或許是看穿了由美子的想法，芽玖瑠說出一句讓人無法忽視的話：

「當時，我的經紀人也說了『早就知道多里尼堤遲早會變成那樣』。」

「早就知道遲早會變成那樣……？」

千佳皺起眉頭。

花火嘆了口氣後回答：

「多里尼堤當時還是間新興的小公司。我經紀公司的人也說他們其實是邊經營邊摸索。

所以，那裡的經紀人做事也不知輕重。只要聲優沒有抗議，就會一直幫他們安排工作，最後

害他們崩潰。」

「反過來講，也可以說就是因為發生過秋空小姐的事情，櫻並木小姐才能撐那麼久。」

兩人淡淡地說道。

由美子無法開口說「好過分！」。

雖然她剛才反射性地將怒氣對準了經紀公司，但由美子認識那位叫水戶的經紀人。她不是那種會勉強別人的經紀人。

她總是非常關心乙女，只要乙女表示太累，就會立刻幫忙減少工作。

不過，從事聲優這行的人——

通常很難開口說自己無法配合。

大家都會想趁有工作時拚命接，不想放過任何一個機會。

要是推掉工作後，就再也拿不回來怎麼辦。不行。不能那樣。請把工作全部交給我吧。我會好好努力。

聲優們都會像這樣，盡可能替自己排多一點工作。

由美子瞄了千佳一眼。

千佳也是這種性格。

不過，她的經紀人成瀨珠里是個能幹的人。而且千佳的經紀公司是具備相關知識的大公司。如果聲優勉強自己，一定會有人幫忙踩煞車。加賀崎也一樣。

櫻並木乙女沒辦法說自己「辦不到」。

經紀人也相信她真的「辦得到」。

一旦事情變成這樣，結果可想而知。

「………………」

由美子的心情變得非常低落，甚至忍不住有點想哭。

同時，她也能夠理解。

為什麼經紀公司那麼快就公布了乙女將暫時停止活動的消息。

在重蹈覆轍前，他們必須盡快採取相對應的措施。

畢竟已經有前車之鑒了。

此時，由美子猛然抬起頭。

「秋、秋空小姐，後來沒能復出嗎？」

乙女曾哭著喊道「再也無法回來」。

該不會是因為秋空後來無法復出，才讓她如此感嘆？

花火搖頭，然後尷尬地低聲說道：

「她有成功復出。不過是在過了一年以後才復出。」

「一年……」

當紅的新人聲優在中途退場，然後又過了一年的空白時間。

不難想像結果會變得怎樣。

她「再也無法回來」了。

秋空實質只活躍了約一年的時間。

新人聲優即使持續曝光了一年的時間，只要離開業界相同的時間，還是會被眾人遺忘。

即使重回工作現場，也找不回當時的氣勢。

剩下的就只有曾經停止活動過的事實，以及平白增加的年資。

這次換芽玖瑠嘆了口氣。

「我不知道她為什麼會需要休養那麼長的時間。但要是秋空小姐能早點復出……或是不曾停止活動。她現在的狀況應該會大不相同吧。」

芽玖瑠滑了一下手機。

她打開秋空紅葉在維基百科上的頁面給由美子她們看。

記載秋空紅葉演出作品的欄位在某一年急速增加，但之後也以相同的速度急速減少。

花火看著那個畫面，重重嘆了口氣：

「我曾經聽秋空小姐經紀人說過。她現在已經接不到新的工作了。雖然名字還掛在經紀公司那裡，但除了過去演過的角色以外，她已經接不到其他工作了。」

在場的所有人都沮喪地陷入沉默。

那樣實際上就跟退休差不多。

在粉絲們不知情的情況下，悄悄離開這個業界。

由美子也曾經看過幾個像這樣放棄的前輩。

不過，秋空紅葉和那些因為沒有工作或機會而被迫離開的人不同。

她明明好不容易獲得了機會，卻因為其他意外狀況受挫。

不過，像秋空紅葉這樣的案例並不罕見。

她的工作量突然一口氣增加，算是一種機緣。

而這個狀況也同樣是一種機緣。

在場的四個人，都有可能陷入相同的狀況。

可能會因為一個小失敗，就再也無法重新振作。

歌種夜澄和夕暮夕陽也曾經遇過這種意外，只是後來運氣好逃過一劫罷了。

然而——

「可、可是姊姊……姊姊應該沒問題吧……？」

乙女是因為害怕無法重回業界，才會那麼驚慌失措。

不過，乙女的人氣已經相當穩固。

雖然這麼說不太好，但她的狀況和秋空不一樣。

至少不會因為暫時停止活動，就再也接不到工作。

不過，芽玖瑠冷靜地回答：

「誰可以保證不會變成那樣呢？我們又不是公司員工。如果大眾無法接受，那就無力挽回了。未來的事情，誰也無法知道。」

她又接著說道：

「歌種之前也有聽到吧。櫻並木小姐有在意的對象。不對，是曾經有過。雖然我之前問的時候還不怎麼確定，但那個人果然就是秋空小姐。」

「啊……」

雖然千佳和花火都一臉困惑，但只有由美子聽得懂芽玖瑠在說什麼。

以前和乙女她們一起去吃烤肉的時候。在千佳回去後，她們曾聊過關於勁敵的話題。

面對有沒有在意的人這個問題，乙女當時是這麼回答的。

『有過喔。是我的同期，我們剛出道時競爭得可激烈了。我們雙方都覺得絕對不能輸給對方。那個人的演技真的從當時就很好。每次她拿到新角色，我都會很不甘心。然後就會想「我一定也要拿到」呢。』

『以前我的演技遇到瓶頸時，也有前輩跟小玖瑠一樣建議我去徵詢她的意見。但我說什麼就是問不出口。明明一定能問到很有參考價值的意見，明明她的演技就比我好，但我還是……不對，或許就是因為這樣，我才問不出口。只有這點我無法妥協……』

她說這些話時非常激動，由美子很意外她居然會對勁敵懷抱著如此強烈的情緒。

沒想到乙女心裡居然隱藏著如此強烈的情感。

而那個人就是與乙女隸屬於同一間經紀公司的同期，秋空紅葉。

直到這時候，由美子才總算清楚明白乙女的苦惱。

芽玖瑠也跟著點頭。

「櫻並木小姐有個一直很在意的同期。她不想輸給對方。她親眼看見那個人離開業界，並再也無法回來的身影。然後，自己也陷入了相同的狀況……這樣她當然會感到不安又害怕吧。」

這個狀況，讓由美子感到毛骨悚然。

那究竟是多麼恐怖的事情。

就等於在說「下一個就輪到妳了」。

對自己身體狀況欠佳的不安，丟下工作的後悔、責任感和恐懼。

再加上曾經在自己眼前消失的勁敵。

由美子現在甚至覺得乙女會變得那麼驚慌失措，根本是必然的結果。

「……也可以說就是因為發生過秋空小姐的事情，小乙女才會拚命工作到倒下為止吧。她現在非常害怕休息。」

花火大口喝茶，然後吐出今天最沉重的嘆息。

「只要有位子空出來，立刻就會有人取而代之，這就是這個業界的現實。能夠替代我們的人，要多少有多少。我們投入的就是這種世界。妳們兩個最好也認真思考一下。畢竟妳們

還是高中生。隨時都還能夠回頭。」

花火露出逞強的笑容。一旁的芽玖瑠也露出嚴肅的表情。

由美子能夠理解。

這個難受的事實讓人非常痛苦，並忍不住想要移開視線。

她當然明白這點。

明白得非常清楚。

不過，重新配合實際案例再審視一次後，難受的事情果然還是很難受。

芽玖瑠先前之所以表現得那麼不悅，或許就是因為覺得「這種事情不需要特地說出來」。

「……………」

由美子想起「出路」這個詞。

她曾漫不經心地想著未來也會繼續當聲優。

高中畢業後繼續當聲優，總有一天要出演「魔法使泡沫美少女」。

然而，在清楚見識到現實後，她果然還是會害怕。

自己有辦法下定決心投入這個世界嗎？

她重新自問自答，但還是沒有答案。

自己繼續走這條路，真的不會後悔嗎？

她忍不住吐露出一個疑問。

「……不曉得秋空小姐，究竟是怎麼想的？」

她已經幾乎沒有在當聲優，走上了一條與她們不同的道路。

她現在究竟有何感想？

千佳一臉疑惑地看向由美子。

「我想……應該不會是多正面的感情吧。例如遺憾之類的。畢竟她算是壯志未酬。」

「…………不過，這也只是我們的想像……」

由美子無法好好整理自己的想法，

單純想到什麼就說什麼。

不過，她也沒有其他能依靠的想法，最後還是只能直接說出心裡想到的事情。

「秋空小姐或許覺得自己已經完成了目標。她或許一點都不後悔，是爽快地離開這個業界。或許她本人其實已經接受這個結果，只是我們這些被留下的人在胡亂猜測而已……」

由美子這段話，讓千佳和芽玖瑠都一臉困惑，連花火都相當驚訝。

……由美子對她們的反應並不意外。

她知道自己講的話非常亂七八糟。

千佳輕輕搖頭，為難地說道：

「妳的想法不管怎麼看都太樂觀了。身體狀況惡化到休養很長一段時間才復出，然後又

因此被迫放棄聲優的工作。怎麼可能還覺得自己『完成了目標』……問題就是出在還沒完成吧。」

「…………」

由美子覺得千佳說的沒錯。她的想法合情合理。

真要說起來，由美子的想法比較像是一種任性。

即使對此有所自覺，由美子還是繼續開口：

「我……不想朝那個方向想……即使自己將來必須放棄當聲優，不管是基於什麼原因，我都不想留下後悔與遺憾……至少，希望自己能好好接受這個結果……」

這只是單純的願望。

擅自希望事實是那樣，獨善其身的願望。

明明只要看那些放棄當聲優的前輩，就能知道這個世界沒那麼美好。

即使如此，由美子還是忍不住祈禱。

假如自己未來陷入那種狀況。

至少，希望自己能夠在不後悔的情況下從這個業界消失。

希望自己能夠帶著「已經完成目標」的清爽表情離開。

即使明白不該將這樣的想法強加在別人身上，她還是如此期盼。

「妳那樣再怎麼說，都太不考慮別人的心情了吧。」

千佳說到由美子的痛處。

或許是因為自知理虧，由美子忍不住用不客氣的語氣回應：

「……我才不想聽妳說什麼別人的心情呢。實在太不搭調，讓我覺得眼前變得一片黑呢。原來看到狗說話的人是這種心情。」

「啥？」

千佳狠狠瞪向這邊。甚至還發出咂舌聲。

「妳才是平常總是把溝通有多重要掛在嘴邊，結果關鍵時刻根本派不上用場。就像沒電的防身警報器一樣。」

「妳才是會讓人按下警報器的那種人。是那種會無差別地丟出言語的利刃，還一直喊著『防身防身！』的危險傢伙。在保護自己不被看不見的敵人攻擊之前，可以先守點規矩嗎？」

「不愧是只有服裝檢查時會拚命把裙子恢復原狀的人，對守規矩這件事有獨到的見解呢。妳可以順便保持沉默嗎？因為根本就輪不到妳出場。」

「這傢伙……人本來就無法知道其他人在想什麼吧。只有寫國文考卷的時候，才需要自己想像並寫出答案。人類可是具備名叫『說話』的功能。只是妳平常很少在用而已。」

「不好意思，像妳這種溝通至上主義者能夠耍威風的時代已經結束了。妳這個『過去的亡靈』已經跟不上時代了。我第一次把這個詞用在負面的意義上呢。妳這個溝通力幽靈。」

「屬於妳的時代才是絕對不會來臨。」

「又來了。我真的很討厭妳這種地方。動不動就針對少數派……」

「芽玖瑠，我可以煮雜燴粥嗎？」

「可以吧。要我拿飯過來嗎？」

「啊，等、等一下啦！真是的，每次只要一跟妳說話就會變成這樣！」

因為偏離了原本的話題，芽玖瑠和花火都準備起身離開。

不過，兩人這麼做好像只是為了阻止她們繼續吵架。

花火開心地笑著，芽玖瑠則是一臉嚴肅地開口：

「那麼，歌種。妳到底想說什麼？」

「我想和秋空小姐談一談。」

由美子這次說得非常果斷。

她總算在腦中整理好自己的想法。

「秋空小姐到底在想什麼，思考過哪些事情？我想去跟本人確認。視對方的心情而定，如果可以的話——我想拜託對方陪乙女姊姊聊聊。如果是秋空小姐說的話，或許能夠傳達給乙女姊姊。」

秋空紅葉已經離開這個業界。這是事實。

不過，她究竟是不是悲劇的女主角，只有她本人能夠決定。

或許對她來說，這是一段能夠笑著談論的回憶。

只要讓秋空知道乙女正在為她的事情所苦，或許她會擔心地趕來幫忙也不一定。或許她還會鼓勵乙女「不用擔心」。

雖然希望可說是微乎其微，但總比什麼都不做好。

然而，千佳一臉不悅地說道：

「……假如我因為陪睡嫌疑而放棄當聲優。然後有正在當聲優的人跑來問我『現在是什麼心情』，我一定會氣得半死。」

由美子啞口無言。事實完全如千佳所言。

自己真的是個遲鈍的人。

「……到時候，我會好好道歉。一直道歉到她原諒我為止。不如說，她也可能不願意見我……」

一切還是要看秋空怎麼決定。

到頭來，本人的心情還是只有本人能夠明白。

由美子覺得自己或許已經找到該做的事情。

但她才剛這麼想，芽玖瑠就乾脆地說道：

「我覺得還是別這麼做比較好。即使真的見到面，對方也不一定會成熟地回應妳。這樣不僅可能會惹對方不開心，就連妳也可能因此受傷。」

芽玖瑠提出符合前輩立場的建議。被她這麼一說，由美子的決心就差點動搖了。

雖然由美子希望不會發展成暴力事件，但這個狀況確實很難說。

或許必須先做好被責備或怒罵的覺悟。

相較之下，花火輕鬆地說道：

「關於這點，小歌種應該早就做好覺悟了吧？這樣下去，情況也不會好轉，如果想替小乙女做點什麼，我覺得這不是件壞事。再怎麼說，對方應該不至於使用暴力吧。」

「…………」

芽玖瑠露出微妙的表情，但似乎不打算認真反對。

花火說得沒錯，如果不行動，狀況就不會改善。

決定要行動後，由美子覺得心情輕鬆了不少。她拿出手機。

「我問問看加賀崎小姐能不能幫忙想辦法。」

雖然關鍵的部分只能依靠別人，但無論如何，都應該先找她商量。

由美子一起身，芽玖瑠就稍微移開視線。

後者無法完全掩飾自己擔心的表情。

「放心啦，小玖瑠。妳不用擔心。」

「……我才沒擔心妳。要打電話就快點去打。」

芽玖瑠揮手趕人後，由美子笑著走出房間。

「好，來煮雜燴粥吧。小夕暮應該還吃得……」

「我吃得下。」

「我話都還沒說完呢。」

由美子聽著兩人的對話，走到公寓的走廊上。

雖然天氣已經沒那麼冷了，但晚上感覺還是有點涼。

由美子想著「早知道就穿外套了」，同時打電話給加賀崎。

電話響了幾聲後，從手機裡傳出熟悉的聲音。

『喂。由美子，怎麼了嗎？』

「不好意思，加賀崎小姐。妳現在方便講電話嗎？我有事情想找妳商量。」

商量這個詞，似乎讓對方稍微認真了起來。經過短暫的沉默後——

加賀崎再次詢問是什麼事情。

「那個……」

包含剛才的事情在內，由美子向加賀崎說明一切的原委。

不僅如此，還詢問她是否能與秋空紅葉見面。

「加賀崎小姐？」

然而，由美子說明完一切後，加賀崎依然沒有回應。

就在由美子納悶是怎麼回事時，從電話的另一端傳來細微的嘆氣聲。

『……其實啊。我就是擔心事情會變成這樣，才沒有告訴妳秋空的事情。』

「咦？」

看來加賀崎早就知道乙女和秋空之間的事情。

不對，由美子原本就覺得事情不太對勁。

既然是芽玖瑠她們知道的事情，加賀崎應該早就掌握了這些資訊。

既然她明知道這件事，卻刻意不告訴由美子……

『我勸妳別去見她。』

「加賀崎小姐……」

加賀崎的嗓音聽起來有些僵硬。

『還在當聲優的人去見已經放棄的人，我實在不覺得這是件好事。對雙方來說都是如此。妳們以前沒見過面……不知道對方會對妳說出什麼樣的話。而且不管對方說了什麼，我們都不能有怨言。』

這跟芽玖瑠她們剛才提出的意見大致相同。

加賀崎是因為擔心由美子，才會勸她打消念頭。

「可是，加賀崎小姐。這樣下去，乙女姊姊她……」

『那是非得由妳來做的事情嗎？』

由美子一時語塞。加賀崎的嗓音突然變得十分嚴厲。

由美子想起千佳的陪睡嫌疑事件。

當時因為由美子擅自行動，事後被加賀崎狠狠罵了一頓。

即使最後結果沒有很嚴重，由美子本人還是有可能受到傷害。

就在由美子猶豫該怎麼回答時，加賀崎嘆了口氣。

『由美子，我啊，最重視的就是妳。不管妳想對多里尼提或櫻並木做什麼，我都不在乎。不過，我不希望妳受傷。』

這正是加賀崎對由美子的關懷之心。

站在加賀崎的立場，她一定不希望由美子去管其他經紀公司的聲優的事情。

不過，由美子無法保持沉默。

「加賀崎小姐。即使如此，我還是想去見秋空小姐。不管是因此受傷，還是被罵都沒關係。我不能就這樣放著姊姊不管。我想幫她。」

『…………』

沉默降臨。

電話另一端的加賀崎什麼都沒說。

只有討厭的寧靜不斷持續下去。

過了一會兒，加賀崎在電話的另一端嘆了口沉重無比的氣。

『妳真的……真的……是個笨蛋呢……』

加賀崎的聲音裡摻雜著嘆氣、無言，以及自暴自棄的感情，她繼續說道：

『……我知道了。那麼，我會去拜託多里尼提的經紀人將這件事轉達給秋空。』

「加賀崎小姐！謝謝妳！」

『確實是該感謝我。唉，為什麼妳總是這樣……小林檎很擔心妳喔，現在明明是非常重要的時期……不過，我也只能幫妳聯絡而已。如果秋空拒絕，妳就要乾脆地放棄。』

「嗯，這是當然……」

由美子說到一半就停了。

因為有人抓住她拿手機的手。

由美子驚訝地看向對方，然後發現正慌張地抓著自己的手的人是千佳。

她與千佳對上視線。

因為由美子的嘴巴離開了手機，加賀崎困惑地呼喚她的名字。

千佳在意著手機，開口說道：

「佐藤。加賀崎小姐願意幫忙嗎？」

「啊，嗯。雖然不太清楚結果會怎樣，但她說會幫忙聯絡。」

「那妳告訴加賀崎小姐……說我也要一起去。」

「咦？」

由美子一發出怪聲，電話另一端就同時傳來『喂～由美子，妳怎麼了？』的聲音。

NOW ON AIR!! 第50回

「那麼～我要開始唸信嘍～化名『天婦羅冰淇淋』同學的來信？呃……那個……小朝加，要唸這個嗎？」

「啊……那個，朝加小姐。今天其實不一定要唸信吧。把時間用在其他單元上怎麼樣？我想分配多一點時間給小夜和小夕呢～……啊，還是要唸？好吧……」

「咦，今天要多花一點時間唸感想信嗎？什麼……這個節目最近真的很過分……好好好，我唸就是了！『小夜澄、小夕陽，早安！』」

「早、早安……」

「早安～！呃～是針對『歌種夜澄的信』的感想吧！『我聽完新單元了！突然開始這種新單元，害我差點以為聽錯節目了呢。嚇了我一跳！』」

「唉……突然聽見一個人開始自言自語，確實是會嚇一跳呢……」

「『不過，那個單元的內容也讓我很驚訝呢！感覺第一次聽到小夜澄的真心話。這讓我愈來愈喜歡妳們兩位了！』」

「謝、謝謝……嗯、嗯嗯……謝、謝謝……」

「很高興收到這樣的來信……謝謝你，『天婦羅冰淇淋』同學……不過，總覺得……我的身體開始癢起來了……」

「……下一封是化名『天井天井』同學的來信。『夜澄的信就像是在回覆DVD中的夕姬！讓我大受感動！很高興能知道夜夜的心情！』」

「嗯……謝謝……也謝謝你買了DVD……我很開心呢……」

夕陽與夜澄的高中生廣播！

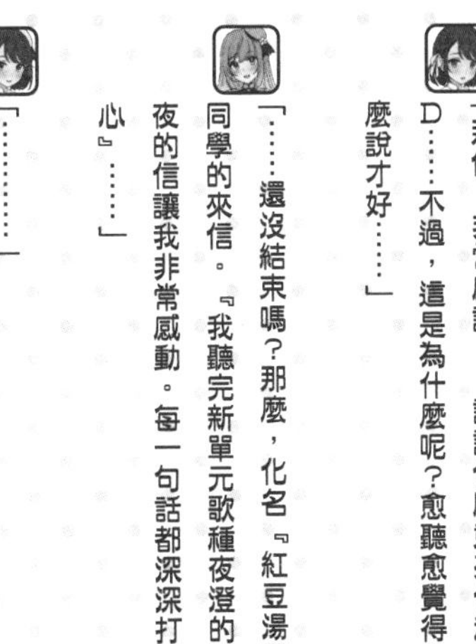

「那個，非常感謝……謝謝你願意來信和購買DVD……不過，這是為什麼呢？愈聽愈覺得……該怎麼說才好……」

「……還沒結束嗎？那麼，化名『紅豆湯是配菜』同學的來信。『我聽完新單元歌種夜澄的信了。夜夜的信讓我非常感動。每一句話都深深打動了我的心』……」

「…………」

「『信裡充滿了夜夜的心情，我覺得是封很棒的信。尊敬夕姬……』咳，不好意思。呃……『尊敬夕姬的心情也清楚傳達出來了。』」

「雖然我之前就這麼覺得了，但這個人每次寄來的信都讓人覺得很沉重呢……」

「『趁這個機會，希望收到信的夕姬也能發表一些感想。』」

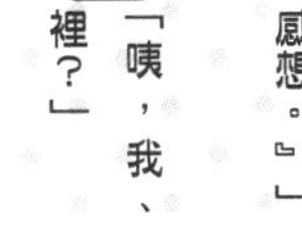

「咦，我、我嗎？要、要說感想嗎？在、在這裡？」

「呃，嗯。聽、聽眾是這麼寫的……希望妳務必發表感想……」

「等……等一下！真要說起來，這個企畫是要回覆DVD的那個環節吧？我、我覺得……那個……不說也行吧……」

「…………」

「妳也說點什麼啦！」

to be continued……

火鍋派對結束後，又過了幾天，由美子收到了加賀崎的聯絡。

從結論來說，秋空答應與由美子她們見面。

雖然這是件令人高興的事情，但還是有讓人擔心的地方。

多里尼堤的經紀人很驚訝秋空居然會答應。

『因為是加賀崎小姐親自拜託，所以我姑且試著聯絡看看……我本來以為對方一定不會答應，所以聽到對方願意見面時嚇了一跳呢……』

加賀崎是這麼說的。

此外，見面的條件是只能兩個人過去。

秋空表示如果有經紀人或其他人同席，就不願意見面。

由美子她們只能答應這個條件。

多里尼堤經紀人的說法和對方提出的條件，都讓人感到不安。加賀崎也十分擔心。

不過，由美子她們也不能因此就退縮。

秋空指定的見面時間是星期五晚上。

地點是在咖啡廳。

那裡好像是她下班後，回程會經過的店……

由美子和千佳按照對方的吩咐，事先到那間店等待。

那是一間隨處可見的連鎖店，給人的感覺十分明亮。店裡放著流行的爵士樂，氣氛相當寧靜。這個時間客人也不多，正好適合談話。

「……時間差不多了吧。」

千佳看著手機，低聲說道。

就快到約定的時間了。

由美子和千佳挑了一個四人座的包廂，並肩坐在一起。

千佳為什麼要跟來呢？根據她的說法——

「我和櫻並木小姐也是同一個團體的成員。所以我也有權力替她擔心和替她做點什麼。」

……由美子坦率地對這段話感到開心，有千佳陪同也讓她比較放心。

千佳的打扮和在學校時一樣，由美子則是換成了聲優時的打扮。她把制服穿得很整齊，飾品也都拆下來了。化妝也只化了自然的妝感。

畢竟是這樣的狀況，光等待實在讓人坐立難安。

由美子看著智慧手機，向千佳搭話：

「……我們的廣播，後來有達到效果嗎？」

因為被前輩聲優說「這樣下去節目會被收掉」，兩人展開了全新的嘗試，目前正在等待驗收成效。

不過，根據朝加的說法——

「她說目前沒什麼特別大的變化。」

明明做了那麼多難為情的事情，但最後也沒因此就獲得明顯的成效。

雖然有打動一部分的人，但希望還能再加把勁。這麼做是必要的。目前這樣還不夠。

這些是確認過聽眾反應的朝加的想法。

「……唉。畢竟我們之前就欺騙過聽眾。即使現在說出真心話，他們也不會輕易就相信我們吧。」

「嗯……」

這麼說來，確實是這樣沒錯。

由美子忍不住思考還有什麼自己能做的事情。

她是真心不希望那個節目被收掉。

「讓妳們久等了。對不起，我遲到了。」

過了約定的時間不久後，一名女性現身。

由美子對她的第一印象是「成熟的女性」。

女子穿著淡灰色的套裝，髮型是非常適合她的中長髮，下半身的裙子和黑色的淺口鞋也十分搭配。

她的五官深邃，眼影也畫得偏深。比起可愛，更適合用帥氣來形容，化的妝也是偏向那樣的風格。

女子現在的頭髮比以前當聲優時短，變得更加成熟。

甚至還戴了眼鏡。

不過，她確實是秋空紅葉本人。

嗓音聽起來也跟以前的廣播一樣清爽。

「啊，我是隸屬於巧克力布朗尼的歌種夜澄……！不好意思，今天還麻煩妳特別抽出時間。」

「我是隸屬於藍王冠的夕暮夕陽。請多指教。」

兩人起身致意後，秋空稍微睜大眼睛，輕輕笑了。

她自言自語似的說著「這種互動真令人懷念」。

「我是岡田。請多指教。」

她說完後，輕輕點頭致意。

坦白講，由美子有點驚訝。

對方直接報上本名也是原因之一，但更重要的是過程十分自然。

對女子來說，以聲優的方式打招呼已經是過去的事情。

由美子感覺自己被迫體認了這個事實。

就在由美子猶豫該怎麼開口時，秋空輕喊了一聲「啊」，然後苦笑著說道：

「我是隸屬於多里尼堤的秋空紅葉。這樣說會比較好吧。」

女子靦腆地笑道後，跟著坐下。

女子剛才打招呼的方式似乎不是刻意為之。

雖然給人的感覺有一點冷淡，但這個比想像中還要溫和的反應仍讓由美子鬆了口氣。

總之，她們先跟店員點了飲料。

等店員離開後，由美子準備說出之前想好的臺詞。

然而，秋空搶先開口：

「妳們私底下也有來往吧。雖然我知道妳們上同一間學校，但如果私底下也很要好，合作起來會更輕鬆吧。」

「咦，呃……是、是啊。的確……」

因為在這時候否認也很尷尬，由美子只能含糊地回應。

她現在仍會注意聲優業界的情報嗎？

無論以前有多喜歡，在那些中途脫離聲優業界的人當中，有些人還是會不再接觸動畫、廣播或聲優重新配音的電影——因為他們不想再看到任何與業界有關的事情。

從秋空的狀況來看，她似乎沒有這方面的問題。

「不過，讓真實身分曝光還是不太妙喔。還是多注意一點會比較好。我光想就覺得可

怕。」

秋空用溼毛巾擦著手，冷靜地說道。

由美子只能苦笑，這是成年人與前輩才會給予的警告。

關心她們的人，通常都會提出這樣的意見。

這樣看來，這次的對話或許也能進展得很順利……

由美子在心裡期待或許能幫上乙女的忙。

「那段期間真的很辛苦呢。」

以千佳的回答為開端，由美子也跟著展開話題。

秋空的表情沒什麼變化，不過她在當聲優的時候就很少笑。

她輕鬆地提出問題，由美子她們也直接回答。

等飲料送來後，她們又閒聊了一會兒。

由美子終於準備提出關鍵的問題。

「那個，秋空小姐。既然妳知道我們的事情，表示妳應該也知道乙女姊姊的現況吧？」

一提起乙女的話題，由美子就覺得氣氛變得有些緊張。

但與這樣的感覺相反，秋空輕鬆地回答：

「是啊。我們的經紀公司真的是從我那時候開始就一直沒有長進……實在令人遺憾。」

實際上，經紀公司並不是完全沒有長進。

他們有確實從秋空的失敗當中學到教訓，只是仍有待加強而已。

當然，由美子沒有把這些話說出口。

相對地，她向秋空問道：

「乙女姊姊停止活動後，我去過她家幾次。她現在變得非常悶悶不樂。一直在害怕自己『再也無法回到這個業界』。情緒也很不穩定……我覺得這是因為以前發生過秋空小姐的事情。」

秋空筆直瞪向由美子。

由美子感覺到千佳緊張了起來，因為自己也同樣緊張。

這是個相當冒犯的問題。

無論被對方如何痛罵，都無法有怨言。

也不該有怨言。

由美子緊張地握緊拳頭後，秋空突然移開了視線。

「櫻並木小姐現在變成那樣啦。」

從秋空的嗓音中，莫名能感受到一股熱情。

然而，她立刻恢復原本的語氣，調整了一下眼鏡的位置。

「是啊。一定是因為我的緣故。妳們好像已經知道我後來遭遇了哪些事情。」

由美子點頭，千佳則是開口說道：

「不過，我們也都是從別人那裡聽說的。其中也摻雜了許多推測。如果妳不介意的話，我們想聽聽看當事人自己的說法。」

兩人正在做的事情實在有欠考慮。

但即使內心充滿了愧疚，這仍是必要的過程。

或許是因為千佳表現得毫不畏懼，秋空露出微笑。

她看著眼前的咖啡，緩緩開口：

「的確，我很少跟別人提起這件事情。畢竟不是什麼有趣的事情。不過，既然愛管閒事的後輩都特地跑來問了——」

秋空開始娓娓道來。

如妳們所知，我和櫻並木小姐是隸屬於同一間經紀公司的同期。

不過，我們都只把對方當成是認識的同事，彼此之間的交情並沒有特別好。

……某方面來說，我們是刻意避開彼此。

雖然對現在的我來說已經是很遙遠的事情，但我們當時都非常在意對方。

我們都在經紀公司待了約一年的時間，工作量也差不多，再加上又是同期。

不曉得從什麼時候開始，我們變得會互相較勁，不想輸給對方。

如果有角色被她搶走，我會很不甘心。

如果是自己拿下了角色，就會想向對方炫耀。

……說來難為情，但該說是把對方當成勁敵嗎？我們當時會互相競爭。

雖然妳們可能會覺得難以置信，但當時是我先走紅。

我參演了熱門的作品，工作也不斷增加。

當時真的很忙。雖然每天都忙到頭昏眼花，但我也鬆了口氣。

因為在與櫻並木小姐較勁的期間，我一直都感到很焦慮。

畢竟，我一直認為櫻並木小姐絕對會走紅。

而且我的預感是正確的。

所以，當時能領先她一步，讓我感到開心。

真的是非常開心。

不過，那也無法持續太久。

我每天都在處理多到令人難以置信的工作，就這樣過了約一年的時間。

某一天，我似乎……突然變得無法起床。

……之所以說得這麼含糊，是因為我記不太清楚當時的事情。

等我回過神時，自己已經住院，過著迷迷糊糊的生活。

原因好像是壓力還是過勞……

雖然醫生有告訴我病名，但我連那個都記不太清楚。

事到如今，那些事情都無關緊要了。

不過，我還記得醫生告訴我喉嚨長了息肉。

「公司已經宣布妳將暫時停止活動，妳就趁這個機會好好休息吧。畢竟息肉治療起來也很花時間。妳一直以來都很忙，這陣子請好好休息吧。」

因為經紀人這麼說，我也覺得「那就這樣吧」……但這是個敗筆。

我出院後，接受了切除息肉的手術。

為了防止復發，我在術後也認真接受治療，甚至還去做了發聲練習。

因為公司希望等我準備萬全後再復出。

他們也不希望我之後又繼續停止活動。這是理所當然的事情。

然後，不知不覺間就過了一年。

我嚇了一跳。

等我復出時，整個世界都已經變了。

大家都把我當成「已經消失的聲優」。

在我休養的期間，許多新人都在拚命爭奪我的空缺。

我以前收到的那些工作邀約當然都已經沒了，原本固定主持的廣播節目也直接收起來了。

從零開始。

我只能從零開始。

我本來以為自己累積起來的事業，已經全都崩毀了。

取而代之的，是堆積如山的問題。

我曾經認真工作了一年。

不過，當時賺到的錢，早就在停止活動的期間用完了。

多里尼提直到第三年都只會給新人等級的薪資，根本賺不了多少錢。

為了生活，我還要去打工。

妳們兩位都還是學生，所以可能沒什麼概念，但打工的地方非常討厭底下的人臨時請假。

雖然還是要看在哪裡打工，但通常都是這樣。

不過，聲優的行程經常是臨時決定。

如果想多參加幾場試鏡，更容易變成這樣。

工作時間短、賺不到什麼錢，還因為常請假被討厭。

即使打工請假去參加試鏡，只要試鏡沒上就賺不到錢。

雖然這讓我想起剛出道的那段時期……但實際的狀況比當時更加嚴苛。

因為我邁入這個業界已經第四年了……

我知道突然停止活動並取消大量工作，讓我失去了許多信任。

加上我是在十八歲時出道，所以當時已經二十二歲。

如果還是對社會一無所知，心裡充滿夢想並只看得見希望的時期，我或許還能撐得下去。

但我的心在當時已經受到了重挫。

「所以，我放棄當聲優了。我現在只是個普通的公司員工，領著公司發的薪水。我有段時期也曾經怨恨過經紀公司，認為他們對待聲優的方式錯了，但我之所以能紅極一時，也是多虧了經紀公司的援助。我現在的心情非常平穩。生活也過得並不拮据。」

秋空做出了這樣的結論。

她說話的語氣明明十分平淡，卻深深刺進了由美子的胸口。

這下她花了許多時間才復出，以及無法回到業界的原因都一清二楚了。

這些沉重的現實，重重地壓在由美子的肩膀上。

曾經接過那麼多工作的聲優，只因為稍微踏錯了一步，就直接回到原點。

不對，甚至可以說情況變得更糟。

自己有辦法承受那樣的現實嗎？

由美子連現在的工作都不算多。

不過，她是因為變得比以前多了一點自信，才不再對千佳抱持強烈的嫉妒心。

「幻影機兵Phantom」的經驗，如今也成了她的依靠。

不過，這些原來是這麼脆弱的東西嗎？

如果自己現在又回到了原點。

不對，假設回到了原點之前。

自己有辦法在這個被粉絲遺忘且工作機會還變少的世界中，繼續在這條路上筆直前進嗎？

由美子感覺自己快要被恐懼和沉重的壓力壓垮了。

「謝謝妳告訴我們這些事。」

千佳低頭道謝。由美子連忙跟著一起道謝。

然後，千佳朝這邊看了一眼。

沒錯，她們是為了某個目的才來到這裡。

必須完成那個目的才行。

「秋空小姐，雖然這麼說非常失禮，但我們今天找妳來，是有事情想要拜託妳。是關於乙女姊姊的事情。」

這是場賭博。

秋空一定走過了一條艱辛的道路。

而她現在究竟是怎麼想的？

是已經看開，還是心裡仍有道巨大的傷痕。

關於這個問題的答案，只能夠向本人確認。

如果秋空心裡仍殘留著傷痕，由美子就算被人痛罵也無法有怨言。

由美子接下來要說的話，就是如此過分。

「可以請妳和乙女姊姊見個面嗎？因為有過妳這個前例，姊姊現在很害怕自己能否繼續當聲優。不管我們現在說什麼，她都聽不進去。不過，如果是妳。如果是秋空小姐說的話，她或許會願意聽。可以請妳告訴她『不會有事，不需要擔心』嗎？」

「……………」

秋空既沒有罵人，也沒有動手。

她將手交疊在桌上，什麼話也沒說，就只是默默看向這邊。

由美子用力握緊雙手，她的手已經緊張到冒汗。

「我知道自己的要求非常冒犯。即使因此惹妳不開心，我也只能道歉。不過，這件事只能拜託秋空小姐……」

由美子努力想傳達自己的心情。

秋空沉默了一會兒後，突然移開視線。

她以聽不太出來帶有何種感情的聲音說道：

「我沒臉見櫻並木小姐。」

她乾脆地說道。

秋空沒有生氣，但也沒有給予正面的回覆。

就在由美子猶豫該怎麼回答時，秋空繼續說道：

「我已經無法再跟她見面了。因為我逃跑了。她應該有等過我，但我最終還是追不上她……」

秋空垂下視線，低喃著說道。

她的聲音很小，看起來也不像是在對由美子她們說話。

這時候到底該說什麼才好。由美子拚命思考，但還是想不出答案。

或許是因為由美子陷入沉默，千佳試著開口：

「可是，如果我們不做些什麼，櫻並木小姐或許真的會再也無法振作。可以請妳幫忙嗎？」

「…………」

此時，秋空的眼神首次透露出怒氣。

千佳說的話，和由美子並沒有什麼太大的差別。

然而，秋空這次明顯變得比較情緒化。

她緩緩抬頭，瞪向千佳。

「妳是不會懂的。因為妳是被追逐的一方。」

她的聲音十分激動，但由美子無法理解這句話的意義。

不過，可以確定千佳真的觸怒了秋空。

然而，這究竟是為什麼？

就在由美子感到困惑時，秋空已經回過神。

她輕輕甩了一下頭，按著眼鏡嘟囔了些什麼。

等她重新抬起頭時，氣明顯已經消了。秋空努力擠出笑臉。

「對不起。我太不成熟了。因為想起了許多事情。」

「沒這回事……」

千佳也困惑地回答。

秋空的笑容十分僵硬，眼神也變得冰冷。

她輕輕嘆了口氣，緩緩說道：

「我明白了。我就老實說吧。讓我受挫的原因。雖然剛才說的那些都是事實，但還有另一個理由。那就是櫻並木小姐。」

「姊姊？」

在說明受挫的原因時，為什麼會提到乙女的名字？

由美子無法理解這句話的意思，秋空則是繼續說道：

「在我休息的期間，櫻並木小姐的事業發展得愈來愈好。她的工作不斷增加，前途一片光明。不過，我當時還不怎麼焦急。不如說還很替她高興。在自己進展得很順利時，還有辦法遊刃有餘地看待對手的成功……」

她的聲音開始蒙上陰沉。

讓由美子感到毛骨悚然。那種感覺就像是有人從陰暗的地底看向這裡般，讓人覺得不安又詭異。

由美子已經明白秋空想說什麼了。

另一方面，千佳雖然聽得很認真，但似乎無法理解這些話背後的意思。

「我曾經以為即使櫻並木小姐不斷前進，自己之後也能追得回來。雖然現在正在休息，但復出後一定要立刻追上她。一定，而且是立刻。我曾經這麼想，並且相信自己做得到——櫻並木小姐一定也在等我追上她。」

秋空眼神裡的色彩逐漸加深，但沒有顯露出任何感情。

此外，她還筆直地看向這邊。

她看的對象不是千佳，而是由美子的眼睛。

那雙緊盯著這裡的眼睛，讓由美子感到害怕。

別再說了。

別讓我想像。

即使在心裡如此吶喊，秋空仍繼續說下去：

「我當時以為自己只是停在那裡。即使櫻並木小姐持續前進，我們之間的差距依然沒那麼大。所以，我應該很快就能追上她。希望她能夠等我。我當時是這麼想的——然而，如同我剛才所說，實際情形並不是那樣。」

秋空補了一句「我是回到了原點」。

「她持續前進，我則是不斷後退……太遠了。她的背影離我真的太遠了。不管我怎麼做……都沒有用！我領悟到自己再也追不上她了。那讓我感到非常難受。比什麼事情都難受。或許，我就是因為無法忍受這一點才逃離了聲優業界……」

「……………」

這句話毫不留情地擊潰了由美子的心。

可怕的程度更勝秋空倒下的事情。這種具體的恐懼，確實地揪住了她的心。

光是想像就覺得受不了。然而，由美子卻能夠輕易地想像。

那種被丟下的恐怖。

對手丟下自己持續前進的恐怖。

無論自己懷著什麼樣的想法行動，都無法縮短距離，即使想要追上去，距離還是被愈拉愈遠。

對方的背影不斷遠去。

沒錯，千佳無法理解這種感受。

「被人追逐」的夕暮夕陽，是無法理解的。

秋空看穿了由美子和千佳的關係。

她知道兩人互相在意對方，將彼此視為勁敵。

兩人有些地方和過去的她們是一樣的。

由美子能感受到。聽完秋空的話後，她也覺得有些地方很像。

然後──與秋空相似的人是由美子。

由美子能夠輕易想像秋空看著乙女的背影時，心裡懷抱著什麼樣的想法，甚至能夠感同身受。

因為想要追上千佳並不斷奔跑的由美子，也懷抱著完全一樣的心情。

而眼前這位名叫秋空紅葉的聲優，後來失敗了。

她失敗了。

那道背影離自己實在太遠，讓她放棄繼續追逐。

由美子有辦法確定自己不會變成那樣嗎？

原本以為自己變得比以前有自信一點了。因為Phantom的錄音進展得很順利。

不過，秋空當時遠比現在的由美子更加一帆風順，並持續向前邁進──但後來還是跌倒了。

「——歌種夜澄小姐。我要問妳……非常冒犯的事情。」

秋空突然喊出由美子的名字。

她只看著由美子，微微一笑。

對秋空來說，這應該是用來掩飾自己剛才情緒化的反應，出於關心的笑容吧。

千佳一定沒有任何感覺。

不過，從由美子的角度來看——那是十分冰冷，讓人毛骨悚然的笑容。

「如果是妳站在我現在的立場，妳會怎麼做？妳辦得到嗎？自己有個勁敵，而且那個人愈走愈遠。在自己原地踏步的期間，那個人已經抵達自己再也追不上的地方。最後只能放棄繼續追逐。明明那個人還在等待，自己卻先逃跑了。」

由美子忍不住將角色替換成自己和千佳。

夕暮夕陽是個厲害的聲優。這點毋庸置疑。

在追逐她的期間，自己也曾獲得救贖，變得有辦法鼓起幹勁努力。

不過，如果繼續追逐下去只會讓自己痛苦。

如果對方的等待成了沉重的負擔，自己或許也會拋下一切逃跑。

「假設對方在遠到自己追不上的地方跌倒了。妳有辦法向對方搭話嗎？妳有辦法遠遠地對著她喊『不用擔心』嗎？明明自己先逃跑了。明明自己早就沒臉見對方……」

由美子已經聽不出來秋空是在對誰說話。

只能聽見寂寞的聲音浮現，然後消失。

「……說到這裡就夠了吧。」

秋空沒有等兩人回答，就開始準備離開。

兩人未能成功說服她。

剛才無法乾脆地說出自己「有辦法」的由美子，已經無計可施了。

而千佳在被宣告「妳是不會懂的」後，也陷入了沉默。

然而，如果秋空已經要回去，她們還是必須道謝才行。

就在由美子準備起身致謝時，秋空已經順手拿起帳單，讓前者急忙喊道：

「秋、秋空小姐！不、不用了啦，是我們找妳出來的，還是交給我們結帳……」

「我可不想讓高中生請客。雖然已經脫離業界，但我仍是妳們的前輩。而且，我現在賺得比妳們多。」

秋空開玩笑似的拉了一下身上的套裝給兩人看。

就在由美子猶豫該說什麼好時，對方已經開口道別並準備離開了。

此時，由美子像是突然想到般大喊一聲。

「請、請等一下。經紀人吩咐我要把這個東西交給妳。」

由美子急忙從包包裡掏出一樣東西交給對方。

秋空一看見那樣東西，就皺起眉頭。

由美子交給她的東西，是櫻並木乙女的演唱會門票。

「……這場演唱會不是取消了嗎？」

「目前是預定會舉辦。雖然還是要看姊姊的身體狀況。」

「…………」

雖然一臉不悅，但秋空最後還是粗魯地將票塞進包包裡。

就在由美子於心裡期待她能去時，秋空嘆著氣回答：

「就算我說不去並把票退還給歌種小姐，也只會讓妳困擾吧。」

秋空說完後，轉身離開。由美子連忙開口道謝。

等再也看不到秋空的身影後，由美子癱坐在椅子上。

她發了一下呆後，千佳低聲說道：

「……她人很好呢。」

由美子只能點頭。

秋空為了原本大可直接拒絕的事情，特地跑這一趟。

即使跑來揭人瘡疤的好事後輩們讓她變得有點激動，秋空最後仍溫柔地回應了她們。

她是個成熟又善良的人。

這點更加讓人感到難受。
像她這種有實力的好人，為什麼非得離開這個業界呢？
明明大家都不是壞人，目前的狀況仍讓人痛苦不堪。

「…………」
「由美子，下一堂課要換教室喔。一起過去吧。」
因為有人拍自己的肩膀，由美子猛然抬頭。
若菜正盯著這邊看。
看來自己剛才一直坐在位子上發呆。
由美子看見其他同學正拿著教科書和文具走出教室。
「對不起，我馬上過去。」
她急忙準備上課要用的東西，和若菜一起踏上走廊。
下課時間的走廊非常吵鬧，但由美子卻覺得那些聲音離自己很遠。
然而，只有若菜的聲音聽起來莫名清楚。
「妳在想事情嗎？」
「嗯……是啊。」

看來馬上就被若菜看穿了。

由美子想找若菜商量，徵詢她的意見。不過，這份心情實在過於複雜。

由美子沒有把握能好好說出口。

所以，她試著提出另一個單純的問題。

「若菜。如果我有一天跑去很遠的地方，妳會寂寞嗎？」

「咦，怎麼了？由美子，妳要去哪裡？是為了工作嗎？還是轉學？」

因為對方的反應出乎意料地激烈，由美子連忙否認。

「不、不是啦。不是我的事情。只是工作上遇到那樣的人，沒有什麼特別的意思。」

「什麼嘛，原來是這樣啊……」

若菜鬆了口氣。

然後，她緩緩歪了一下頭。

「我應該會很寂寞吧。原本一直在一起的朋友突然離開，不管是誰都會寂寞吧。」

「果然啊……」

會寂寞是理所當然的事情。由美子也一樣，如果若菜突然不見，她絕對會感到很寂寞。

不過，這是因為若菜是她的朋友。

這跟乙女與秋空，以及由美子與千佳的狀況又不太一樣。

雖然不太一樣……

「寂寞啊……」

在這份心情最根本的地方，一樣包含了寂寞……

將其餘複雜的心情都排除後，留在最底部的一定就是寂寞。

由美子不知道乙女對現在的秋空抱持什麼樣的想法。

不過，對乙女來說，秋空是悄悄離開前往遠方的人物。

乙女或許也覺得寂寞吧。

不過，即使乙女感到寂寞，她一定也無法去見秋空。

秋空也說過無法和乙女見面。

既然如此，這份寂寞的心情不就無處宣洩了嗎？

當天放學後，由美子繞去乙女的家。

她本來還覺得視情況而定，或許該告訴乙女自己跟秋空見過面的事情。

不過，在確認過乙女的狀況後，她實在說不出口。

「……姊姊，妳有吃飯嗎？感覺妳好像又瘦了。」

「嗯……我沒什麼食慾。雖然覺得該吃點東西，但肚子就是不會餓。」

穿著睡衣坐在床上的乙女，看起來明顯比以前瘦了不少。

乙女現在已經不會像之前那樣陷入激烈的恐慌。

只是失去了活力。

就連原本總是替人帶來溫暖的笑容，現在也顯得十分無力。

原本那個開朗的她，究竟消失到哪裡去了？

一想到這裡，由美子的幹勁和笑容都染上了一層不安。

『我最近一直作惡夢。例如去工作現場後，被別人問「妳是誰」。或是開演唱會的時候，觀眾席一個人也沒有。還有想不起來自己藝名的夢……我最近都在作這種夢。』

乙女之前曾以陰沉的表情說過這些話。

不安會影響到夢境，這點由美子也曾親身體驗過。

在試鏡持續落選的時候，由美子也做過千佳和乙女聽不見自己的聲音，自己就這樣逐漸消失的夢。

乙女現在心裡的不安，一定遠比當時的由美子還要強烈吧。

她整天都待在陰暗的房間裡發呆，即使睡著也會在夢裡被現實追著跑。

就算快要被不安壓垮，她現在也只能休息。

「姊姊，我們去外面散一下步吧。一直關在房間裡，心情只會愈來愈低落。」

「嗯……謝謝妳。可是對不起。我現在工作都在請假，實在沒有心情出去玩……」

乙女乾脆地拒絕由美子。

乙女認真的個性導致了現在這個狀況，並繼續束縛著她。
她現在出門的次數都壓在最低限度。在這種狀況下，心情自然不可能變好。
硬要說有什麼值得慶幸的事情——
「不過，姊姊有在練習演唱會，所以算是有在運動呢。」
由美子刻意以開朗的語氣說道。
現在唯一能依靠的就是這個了。
經紀公司目前還沒有宣布停辦演唱會。
聽說他們預定在演唱會當天直接讓乙女復出。
如果能早點復出，那當然是最好。
那場復出演唱會，應該能成為乙女的依靠。
然而，乙女今天的樣子看起來不太對勁。
她平常都會虛弱地笑著回應「說得也是」。
不過，她今天卻抱著大腿將臉藏在後面，以顫抖的嗓音說道：
「我……有辦法復出嗎……」
她說這句話時的聲音，連聽的人都會感到難受。
「大家有在等我嗎……他們會願意來聽演唱會嗎……工作人員們又是如何呢？他們會願意接受之前推掉工作的我嗎……？他們會不會說已經不需要我了……」

「…………」

乙女的不安與日俱增。

而她的不安也並非毫無道理。她推掉了許多工作。

原本排得滿滿的工作，後來全都取消了。

造成的麻煩根本難以估量。

粉絲們那邊應該是不用擔心，他們應該都能接受。

不過，工作方面就不清楚了。

不管由美子說什麼，都只能當作一時的寬慰。

乙女對工作的不安不斷膨脹，當中還摻雜著「粉絲真的能接受嗎？」的不安，這些都讓她更加擔心受怕。

『櫻並木小姐的身體狀況已經完全恢復，累積的疲勞也都消除了。這些都有獲得醫生的保證。她還接受了之前一直擱置的健康檢查，結果也是沒有問題。』

由美子想起經紀人水戶之前說的話。

她說乙女的身體已經完全康復了。

不過，這明明是個好消息，水戶在跟由美子說這些事時，表情卻十分陰沉。

『……不過，目前還不確定她是否真的能舉辦復出演唱會。演唱會之後也都還沒安排工作。她現在面臨的問題已經不是身體，而是內心。如果她的精神沒有恢復健康狀態，就無法

復出。』

這件事雖然沒有告訴乙女本人，但經紀公司已經做出決定了。

由美子覺得這也是無可奈何。乙女現在的精神狀態確實不太好。她正被不安淹沒。

在這個狀態下，她根本不可能像以前那樣工作，萬一再次停止活動，這次真的會造成致命性的打擊。

話雖如此，由美子完全想不到有什麼方法能讓乙女打起精神。

『我沒臉見櫻並木小姐。』

如果秋空願意和乙女說話，或許能減輕後者心裡的負擔。

至少應該能帶來正面的效果。

然而——

『假設對方在遠到自己追不上的地方跌倒了。妳有辦法向對方搭話嗎？妳有辦法遠遠地對著她喊「不用擔心」嗎？明明自己先逃跑了。明明自己早就沒臉見對方……』

秋空的聲音在腦中迴響。

那段話宛如詛咒般，持續殘留在由美子心裡。

正因為只有由美子能夠理解，她才只對由美子說這些話。

總有一天。

總有一天，千佳會抵達很遠很遠的地方，但自己卻仍在原地踏步。

然後不知不覺間，就連「一定要追上去」的幹勁都消磨殆盡。

等自己放棄繼續追逐後，自己還有辦法和千佳見面嗎？

還有臉見她嗎？

明明即使千佳無論前進到多遠的地方，都一定會願意等待自己。

「大家早安，我是歌種夜澄。」

「不好意思，今天也有『歌種夜澄的信』的單元。雖然對大家不好意思，但又要請各位聽我一個人說話了。以後應該就不會再有這個單元了。」

「不過，這次的信並不是要寫給夕。嚴格來講，也不能算是一封信。不過，我接下來要講的是我和夕的事情。」

「是關於我對夕抱持什麼樣的想法。」

「在之前的信裡，我已經提過自己很在意她。不過，有人對我說了這樣的話。」

「『假如妳之後放棄當聲優，還有辦法替夕暮夕陽加油嗎？』」

「不管是在意她，還是將她視為勁敵，我都對她抱持許多非比尋常的感情。不過，這一切都是建立在我是聲優這個前提上。」

「假如我不再是聲優，還有辦法替她加油嗎？」

「不再是聲優的我，以及繼續當個成功聲優的夕暮夕陽。」

「有人問我如果情況變成那樣，我……還有辦法和夕暮夕陽見面嗎？」

「對不起，大家應該都聽不懂我在說什麼吧。」

「最近發生了許多事情。我無論如何都必須找出答案。那些『我不知道』的事情，真的都是非常重要的問題。」

「所以，我仔細思考過了。我認真地想像和思考。」

「思考在那樣的狀況下，我究竟會變得怎樣，會想些什麼，並採取什麼樣的行動。」

「我一直在思考『有沒有辦法替她加油』這個問題，最後終於有了答案。」

「沒辦法。」

「我一定沒辦法替她加油，沒辦法見她，甚至無法透過媒體看見夕暮夕陽。」

「我的心情會變得很亂，無法冷靜，並覺得非常非常不甘心——」

「我一定會開始逃避她。然後，也一定會避免看見她，將自己的心情隱藏並封印起來吧。我是這麼想的。」

「我對其他聲優完全不會產生這種心情。雖然或許要花一點時間才能讓心情平復，說服自己『啊～原來這一切都不是真的』。啊哈哈。」

「不過，說得也是。夕暮夕陽對我來說——」

to be continued……

由美子在當天晚上作了一個夢。

自己像秋空一樣放棄當聲優的夢。

自己一直沒有走紅，只是不斷累積年資，最後不得不開始面對現實。

雖然自己一開始曾拚命抵抗並痛苦掙扎，但就連那股疼痛都逐漸減弱。

自己隨著時間經過，慢慢接受現實，做好了放棄的心理準備。

然後，在某一天大大嘆了口氣。

說出「撐不下去了」。

放棄當聲優後，自己開始在母親的小酒吧幫忙。

在和客人們一起歡笑時——

自己開口說「我以前當過聲優喔。還幫有名的作品配過音」。

將參與過神代動畫的事情當成美好的回憶，繼續過生活。

乙女和加賀崎偶爾會以客人的身分光顧。

「最近過得怎麼樣？」

她們一起聊著這類話題，開心喝酒。

不過，即使如此。

即使有一天，由美子能將當過聲優的事情當成美好的回憶，並與人談論這段往事。

自己一定也唯獨無法和夕暮見面。

不只是她演出的作品或她本人，就連她的聲音都不想聽。

自己無法追逐夕暮夕陽的身影。不想追、不能看、也不應該看。

沒辦法見她。

因為根本沒臉見她。

自己沒有臉見千佳。

「由美子，其實我有件事情想拜託妳。是關於夕暮夕陽的事情。就是啊——」

別說了。

我不想聽。拜託別再說了。

自己摀住耳朵、閉上眼睛，將內心封閉起來後持續吶喊。

跟我無關、跟我無關、跟我無關！我不想管！不想管不想管不想管！

所以拜託了，別再說了——……！

「…………」

由美子從床上起身。

月光隔著窗簾照亮漆黑的房間。
現在仍是深夜。
由美子摸了一下自己的胸口，心臟跳得好快。她大口喘著氣。
一摸額頭，就發現那裡正在流汗。
「真是個討厭的夢……」
由美子喃喃自語，吐出一口熱氣。
然後，她自嘲地笑了。
「說什麼討厭的夢……明明是自己強加於人的事情……」
她再次體認到秋空是個好人。
即使遇到這種光想像就讓人痛苦的狀況，秋空仍親切地對待不認識的後輩。
「……………」
由美子望著照進房間裡的月光，閉上眼睛。
看來今天暫時是睡不著了。

第51回錄音結束後的隔天，由美子獨自站在一間店的前面。
她之前就是在這間咖啡廳裡和秋空談話。

現在即將入夜，周圍相當陰暗。

只有咖啡廳的燈光和路燈照亮了道路。

或許是因為下著大雨，明明現在已經是春天，依然能感覺到寒意。

天氣差的時候行人也很少，所以周圍相當寧靜。只聽得見雨聲。

由美子不曉得自己等了多久。

幸虧行人不多，她很快就發現了那個人。

而那個人也注意到這邊。

「妳……為什麼在這裡？」

疑惑地如此詢問的人，是穿著套裝的秋空。

她一手拿著傘，另一隻手提著包包。大概是剛從公司下班吧。

她以懷疑的視線上下打量在這裡埋伏的由美子。

「對不起，秋空小姐。因為妳說下班時會經過這裡，我才會明知失禮，依然在這裡等妳。對不起。」

由美子低頭道歉。

秋空的表情還是一樣蒙著一層陰影，並尷尬地移開視線。

「……不好意思，不管妳來幾次，我都不打算幫忙。」

看來，她以為由美子是來說服她去見乙女的。

由美子連忙揮手否認。

「啊，並不是那樣。對不起，害妳誤會了。我今天不是來拜託妳，是來道歉的。」

「…………？」

秋空露出困惑的表情。

因為不好意思占用對方太多時間。

由美子立刻切入正題。

「秋空小姐前陣子有問過吧。如果是我站在妳現在的立場，有沒有辦法答應我們拜託的事情。我後來一直在想。然後愈想愈覺得——我應該辦不到。」

對自己感到無言的由美子，忍不住笑了。

「——————」

然而，秋空的表情仍未放鬆下來，不如說變得更僵硬了。

她沉默地僵在原地。

因此，由美子決定繼續說下去。

「不管怎麼想，結果都一樣。我辦不到。絕對辦不到。自己都辦不到的事情，應該不能拿來拜託別人吧。我今天是來對自己提出的無理要求道歉的。」

由美子重新握緊雨傘的手把，深深垂下頭。

「——對不起，我居然這麼強人所難。」

「…………………」

由美子抬起頭後，秋空依然緘口不語。

她難受似的咬緊嘴唇，皺起眉頭。

她看向這邊的眼神，像是正在忍耐什麼。

「……我並不是那個意思……不對……」

秋空原本似乎想說什麼，但最後還是把話吞了回去。

她痛苦地垂下視線。

……由美子並不是想讓她露出這種表情。

錯的人是自己，對方才是正確的。所以由美子才過來道歉。

明明就只是為了這個目的。

因為秋空尷尬地別過視線，由美子連忙繼續說道：

「呃，那個。啊～不介意的話，改天要不要聽聽看我們的廣播？其實，我也想針對這件事道歉。」

「……什麼意思？」

由美子突然蹦出的一句話，讓秋空抬起頭。

「那個……我們目前正在主持一個叫『夕陽與夜澄的高中生廣播！』的節目，那個節目有個單元是讓我一個人說話。」

為了避免說錯話，由美子斟酌著字詞說道。

「那是個……讓我來傾訴對夕的想法的單元。話雖如此，現在也才錄過兩次。然後，我在節目中提到了妳之前對我說過的話。」

「之前說過的話……」

「我、我沒有提到秋空小姐的名字喔！也沒有提到乙女姊姊！跟、跟妳們兩位有關的事情，我都有特別注意不會讓人聯想到。」

如果這部分造成了誤會，真的會很不妙。因此，由美子認真澄清。

幸好秋空並不是在擔心這部分的事情，她以眼神催促由美子繼續說下去。

「呃，我在節目上說的是有人問我『自己放棄當聲優後，還有辦法替夕加油嗎？』……然後，這個問題讓我思考了一些事。因為我想好好說出這份心情。想要說給聽眾和夕聽。唉，雖然讓人很難為情……但如果不好好說出來，夕一定無法理解我和秋空小姐的心情。」

由美子說到這裡，輕輕嘆了口氣。

「不過，我確實擅自說了秋空小姐講過的話。我想針對這點向妳道歉。」

「……我並不在意這種事情。只要沒提到我的名字就好。不過，妳為什麼會想要我聽妳們的廣播？」

秋空警戒著繼續問道。

雖然覺得她不需要這麼謹慎，但考慮到這個狀況，這或許也是無可奈何的事情。

由美子決定至少說明時要帶著笑容。

「首先，是要證明我雖然有提到秋空小姐說過的話，但沒有提到妳們的事情……再來，就是我在節目上坦白說出了自己對夕抱持的心情。該說是……剛才提到的那些事情的詳情嗎？要我再說一次實在是太難為情了。而且內容也很長。」

秋空露出有些困惑的表情。看來由美子的意思並沒有清楚地傳達給她。

不過，這件事在此時並沒有那麼重要。

要不要聽是她的自由，而且這只能算是補充說明。

由美子已經耽誤她不少時間。既然想講的話都講完了，秋空又才剛下班。

這個話題已經可以結束了。

「我想說的話就只有這些。我想向妳道歉。像這樣埋伏，我也覺得很不好意思……呃，包含這部分在內，真的很對不起。又耽誤妳的時間了。那我先告辭了。」

由美子低頭行了一禮。

她抬起頭後，秋空依然一語不發。

只是一臉凝重地看向這裡。

由美子等了一會兒，但對方還是沒有回應，所以她只好無奈地轉身——

「——啊，對了。」

此時，由美子想起了一件事。

或許是因為該做的事情都做完了。

由美子想起一件不是非說不可，而是想說的事情。

她轉過頭，笑著說道：

「我看過『筆直向前』了。我很喜歡秋空小姐當時的演技。」

「————」

秋空睜大眼睛，緊盯著這裡。

對方整個人僵住，什麼也沒說。

由美子擔心自己是不是說了什麼不妙的話。

不過，這時候道歉也很奇怪，她再次低頭行了一禮後，這次就真的離開了。

因為由美子沒有回頭，所以不知道秋空後來怎麼了。

冰冷的雨滴不斷打在雨傘上，發出陣陣聲響。

秋空紅葉回房間後，沒換衣服就直接打開電腦。

別去想。

別去想。

她從剛才開始就不斷重複這句話。

歌種夜澄的聲音與她不想思考的事情，持續在腦中迴盪。

聲優那段經歷已經是過去的事情。

無論櫻並木乙女後來怎麼了，都跟自己沒有關係。沒有關係，不想見面。無話可說。

因為，她根本不曉得該用什麼表情面對乙女。

秋空早在很久以前，就背叛了乙女的期待、心情、願望和所有的一切。

她一直假裝沒注意到這些事，裝糊塗地說些「她真努力，好厲害啊」之類的話。

然而，乙女卻仍在看著她。

拜託妳。

別再看了。

「…………………」

秋空用力敲打鍵盤。

她稍微搜尋了一下，立刻就找到「夕陽與夜澄的高中生廣播！」的收聽頁面。

正常來想，還是不要聽比較好。

聽了又能怎樣。

不如說，感覺會變得比現在還要痛苦。

不過——秋空想知道歌種夜澄現在是什麼樣的心情。

看著對手走向自己根本無法觸及的地方，只能看著對方的背影不斷遠去。

只能站在原地，持續注視對方。

歌種夜澄一定能夠體會這種感覺。

所以，她當初才會想要見那兩個人。

『——我一定沒辦法替她加油，沒辦法見她，甚至無法透過媒體看見夕暮夕陽。』

『我的心情會變得很亂，無法冷靜，並覺得非常非常不甘心——』

『我一定會開始逃避她。然後，也一定會避免看見她，將自己的心情隱藏並封印起來吧。我是這麼想的。』

『我對其他聲優完全不會產生這種心情。雖然或許要花一點時間才能讓心情平復，說服自己「啊～原來這一切都不是真的」。啊哈哈。』

從耳機裡傳來歌種夜澄的聲音。

這些跟她剛才說的話內容差不多。

如果她站在跟秋空一樣的立場，她也無法拯救夕暮夕陽。

不僅如此，她甚至沒辦法見夕暮夕陽或聽見對方的聲音。

雖然秋空現在已經稍微看開了一些，但還是非常能夠體會歌種夜澄的心情。

自己以前也是那樣。

被她所說的那種感情支配。

那些都是只要稍微想起來，就會感到難受的事情。

因為不想繼續挖自己的舊傷，秋空判斷聽到這裡就夠了。

所以，她準備摘下耳機。

『不過，說得也是。夕暮夕陽對我來說——果然還是特別的。就只有這件事……我實在不想忘記。』

這句話，讓秋空停止了動作。

她的手放在耳機上，然後一直維持這個姿勢。

『當然，那會變成討厭的回憶。而且是非常討厭的回憶。不過，我現在之所以能勉強撐得下去並繼續維持現狀，果然也都是多虧了夕暮夕陽。』

『因為她待在我的身邊，當我的目標。我不想忘記對她抱持的熱情、心意和糾葛。就只有這些，我不想當作不曾存在過。』

『嗯……不想當作不曾存在過呢。』

『因為包含這些在內，都是我作為聲優的人生。』

『只是……我果然還是無法替她加油。就只有這點，嗯。實在是無法看開呢……』

——嗯。

沒錯。就是這樣。

自己為什麼要一直假裝沒看見呢。

在後輩面前裝出已經看開並頓悟的樣子。

裝出自己已經毫不在意的表情。

自己其實就只是將這一切——全都隱藏起來不去面對罷了。

將自己的感情，當作不曾存在過。

因為自己無論如何，就是無法割捨對乙女的感情。

不過，這樣下去實在太痛苦了。

所以只好把這一切都當成不存在。

不過，那麼做——

不就是在否定曾當過聲優的自己嗎？

「我……我作為聲優的人生……是因為有櫻並木小姐在……」

或許是因為自己正低著頭，所以這聲呢喃才遲遲沒有散去。

櫻並木乙女的個人演唱會。

基於經紀公司的判斷，後來並未取消，確定將會舉辦。

乙女之後將重新開始活動，把這當成是復出演唱會。

不過，正如她的經紀人水戶所言，還不曉得她之後是否真的能正式復出。

一旦經紀公司透過演唱會判斷她的問題還沒解決，復出將變得遙遙無期。

演唱會結束後的工作，也都還沒有安排。

乙女之後能否像以前那樣工作，全都要看她在演唱會上的表現。

然後，到了復出演唱會當天。

由美子和乙女與水戶一大早就一起進入會場。

水戶答應讓由美子隨行。不如說，她非常歡迎由美子一起來。

可見乙女的精神狀況還相當不穩定。

由美子和經紀人一起從觀眾席確認彩排的狀況。

舞蹈和唱歌的部分都完全沒問題。

乙女這段期間上了許多課，身體也徹底休息過了，所以不如說無論舞蹈或歌喉的表現都比平常好。她的表演非常出色。

……但問題並不是出在這裡。

乙女至今仍無法克服心裡的不安。

即使再過幾十分鐘就要開場了……乙女仍一臉蒼白地坐在休息室裡。

她將手抵在嘴邊，動也不動。

只有視線不斷焦急地四處張望。

仔細一看，她的手也在輕微顫抖。

說不定粉絲已經不願意接受自己了。

這樣的恐懼一直在乙女心裡縈繞不去，讓她內心充滿了不安。

「櫻並木小姐。接下來只要照彩排時那樣做就行了。什麼事都不需要擔心。」

「我明白……我明白。我沒事……」

水戶開口鼓勵，乙女也做出回答。

打從進入會場後，這樣的對話已經重複了好幾次。

休息室很寬敞，乙女身上穿著華麗的服裝。

如果是普通的演唱會，現在休息室裡應該充滿了來打招呼的相關人士和其他工作人員熱鬧的聲音，但現在只有她們兩人的聲音。

因為乙女現在的狀況十分緊繃，所以才請其他人不要進來這裡。

再加上她之前曾經停止活動，因此幾乎沒有發公關票給其他相關人士。

有可能拿著票來休息室打招呼的人，就只有千佳——以及秋空紅葉而已。

她果然沒來。

秋空跟她之前說的一樣，似乎沒打算和乙女見面。

……一想起秋空的事情，由美子就無法保持冷靜。

她決定去外面確認一下狀況。

「姊姊，我出去一下喔。」

由美子指著外面，跟乙女報備。

乙女以蒼白的表情和虛弱的微笑，說了聲「路上小心」。

離開休息室後，由美子忍不住吐了口氣。她動了一下鼻子，稍微流了一點眼淚。

她擦掉眼淚，走向外面。

乙女那樣真的有辦法好好辦演唱會嗎？

由美子實在不覺得能夠順利。

她輕易就能想像乙女在舞臺邊緣動彈不得，在觀眾們面前僵住的景象。

由美子從後門走到外面，想尋求一些依靠。

經過入口時，那裡已經聚集了許多粉絲。

入場處附近也是人山人海，一群人排著隊緩緩移動。

現場的人多到讓人忍不住想「真的有這麼多人要進入會場嗎？」。

現在似乎已經到了開場時間，粉絲們拿出票，讓工作人員驗票。人潮逐漸被吸進會場

裡。

大家看起來都很開心。

他們臉上掛著笑容，開心地和周圍的人說話。

每個人看起來都很興奮，十分期待接下來的演唱會。連這裡都能感覺到熱烈的氣氛。

「姊姊真的好厲害……」

由美子看著這個景象，喃喃自語。

乙女只靠自己一個人，就讓這麼多的人陷入狂熱。

現在只能依靠這些客人了。

他們的聲援，有時候能化為強大的力量。再也沒有比這股力量更可靠的東西了。

不過，這次這股力量或許會化為沉重的壓力。

加油的聲音，有時也會將人逼入絕境。

「……………」

如果有人能用言語拯救乙女。

那一定也只有可能就在這些人群當中的某位女性辦得到。

由美子將眾多粉絲聚集在此的景象烙印在眼裡後，回到後門。

至少要告訴乙女「大家都在期待演唱會」。

「咦？渡邊？」

千佳正在後門附近轉來轉去。

她回過頭，冷淡地說「喔，是佐藤啊」。

「妳怎麼待在這裡。妳有票，應該可以直接進去吧？」

「有是有。但我有些事情要處理。不用管我啦。」

「是喔……？」

雖然不知道千佳在打什麼主意，但由美子也沒有餘力在意。

開演時間就快到了，由美子丟下千佳前往休息室。

「姊姊！來了很多觀眾喔！大家看起來都很期待！都在等著姊姊！」

由美子以開朗的聲音向乙女傳達。

水戶似乎去其他地方了。寬敞的休息室裡，只剩下臉色蒼白的乙女。

她一看向這邊，就露出讓人痛心的虛弱笑容。

「嗯……太好了……幸好有觀眾來。」

她看起來一點都不開心。明明會場外面的氣氛如此熱烈，這裡卻宛如海底。

感覺冰冷又黑暗。

現在無論說什麼，一定都無法傳達給乙女。

由美子已經明白自己的聲音無法觸及乙女的內心，明白自己有多無力。

到頭來，自己什麼都做不到。

在領悟到這點的瞬間，身體就擅自動了起來。

由美子並不是為了乙女，而是為了自己緊緊抱住她。

即使用手臂環抱著乙女，由美子仍能感受到她的身體因為緊張而變得僵硬又冰冷。

這讓由美子感到更加心痛。

「小、小夜澄……妳怎麼了……？」

耳邊傳來乙女困惑的聲音。由美子毫不在意，繼續用力抱緊對方。

如果不抱得用力一點，感覺自己一定會哭出來。

「對不起，姊姊……我一點都幫不上妳的忙……完全無法回報妳的恩情。對不起……」

由美子開口傳達自己的心情。

即使道歉，也無法讓乙女輕鬆一點。

即使如此，由美子還是沒辦法不說。

雖然看不見對方的表情，但能感覺到耳朵旁邊的氣息在顫抖。

原本任憑由美子擁抱的乙女，也跟著抱了回去。

她將臉埋在由美子的肩膀裡，用泫然欲泣的聲音說道：

「不，沒這回事……我很慶幸有妳在。我一直、一直都很感謝妳。對不起，我是個沒用的前輩……真的很對不起……」

她的聲音聽起來真的像是快哭出來了。

由美子奮力將身體往後退，發現乙女的表情似乎稍微恢復了生氣。

「我會加油……小夜澄，妳要看著我喔。」

「……我知道了，我會看著妳。」

即使嘴巴上如此回應，由美子還是領悟到一個事實。

果然──

自己不管說什麼都沒用。

乙女的心情應該有產生變化。

從她身上能感覺到，覺得自己必須在後輩面前好好努力的氣概。她想要努力。

不過，這無法減輕她的不安。

無論如何都沒辦法。

此時，傳來了一陣敲門聲。

乙女以稍微恢復精神的聲音回了句「請進」。

開門的人是千佳。

她沒有走進房間，而是佇立在原地。

「？怎麼了嗎？」

由美子向不知為何不走進來的千佳問道。

接著，她將視線移向旁邊，保持這樣的狀態開口：

「我也思考了很多。被人說『妳是不會懂的』，讓我莫名地感到不甘心。坦白講，我之前只覺得『說這種話的人又不了解我』。所以，我努力思考過了。包含佐藤說過的話在內……我確實不是『追逐別人的那一方』。」

「…………？」

「不過，那也只限於現在而已。我只是碰巧沒變成『追逐別人的那一方』，這種立場無論何時顛倒過來都不奇怪。我是這麼認為的。我一直、一直不斷努力避免讓情況變成那樣——所以，我也能體會秋空小姐的心情。」

雖然千佳淡淡地說著這些話，但由美子還是不明白她想做什麼。

為什麼要特地在這時候重新提起秋空以前說過的那些話？

此時，由美子發現千佳正不自然地舉起手。

彷彿她正握著什麼。

「——如果我是秋空小姐，即使來到會場，應該也沒有勇氣進來。」

說完後，千佳伸手拉了某人。

接著，一名人物無力地現身。

站在那裡的，確實是秋空紅葉本人。

「小紅葉……」

乙女立即起身。

她睜大眼睛，像是覺得難以置信。

秋空跟之前見面時一樣穿著套裝。

不過，她的表情和當時不同，視線也尷尬地不斷游移。

「我果然還是……」

她想要關上門逃跑。

然而，千佳推著她進入休息室，還把門關上了。

之後，秋空總算死心似的握緊雙手。

她好好抬起頭，看向乙女的眼睛。

兩人對上視線。

經過了一段漫長的沉默。兩人遲遲未能開口。

不過，那並非出於尷尬，或是在猶豫該怎麼開口。

這兩者都不是原因。

雖然別人可能看不出來，但由美子感覺得到，兩人正在進行只有她們能夠理解的溝通。

秋空用力閉緊眼睛，吞吞吐吐地開口：

「櫻並木……小姐。我……有話……必須對妳說。」

在咖啡廳表現出來的冷酷表情已經蕩然無存。

秋空現在吐露的聲音既拚命又充滿熱情。

原本成熟的氛圍已經徹底消失了。

「我也……我也……有話想對妳說。」

乙女靜靜落淚。

她的淚水沒有停歇，就這樣流個不停。

然而，即使正在哭泣，即使表情充滿了悲傷——她仍展露出了笑容。

由美子感覺久違地看見了——她真正的笑容。

確認兩人走向彼此後，由美子和千佳悄悄離開了休息室。

『各位——！今天真的、真的非常感謝各位的光臨——！我最喜歡大家了——！』

乙女在舞臺上大喊完後，觀眾席頓時沸騰了起來。

在幾乎能以爆炸聲形容的熱烈歡呼聲與掌聲中，乙女緩緩退場。

她朝觀眾席露出可愛到讓人嚇一跳的笑容，直到最後都不斷揮手。

在她退場後，會場的氣氛依然十分熱烈，讓由美子忍不住笑道：

「姊姊果然很厲害。」

就連一旁的千佳，想必也聽不見她的呢喃。因為現場的歡呼聲實在太過熱烈了。

『今天的表演已經全部結束……請各位觀眾慢走……』

宣布活動結束的廣播響起後，觀眾席的氣氛終於開始冷卻。

觀眾們應該已經將熱情埋藏在心裡，晚點就會跟同伴分享或上網發表炙熱的感想吧。

看著粉絲們帶著滿足又興奮的表情離開，由美子想著「希望自己以後也能讓別人露出那種表情」。

不知道是因為剛看完一場精彩的演唱會，想繼續看那些粉絲的表情——

還是單純耗盡了力氣。

由美子沒有立刻起身。她茫然地留在觀眾席上。

千佳似乎沒打算配合這份感傷，直接盯著她的臉。

「妳怎麼了？」

「…………」

由美子沒想到千佳會帶秋空過來。

今天的演唱會之所以能圓滿收場，都是因為有秋空在。

秋空是必要的關鍵。

而帶來最後一塊拼圖的人，正是千佳。

如果沒有千佳，秋空一定不會進去休息室。

由美子並沒有覺得不甘心。

只是——

既然千佳都這麼問了。

「沒事。我只是在想，光靠我一個人果然無法讓姊姊振作起來。」

前面的座位已經沒有人了，所以由美子直接癱在椅背上。

她說出摻雜著抱怨與寂寞的真心話。

接著，千佳一臉若無其事地回答：

「那當然。光靠佐藤是辦不到的。」

由美子頓時不太高興，覺得不需要說成這樣吧。

就在她想要反駁時，千佳繼續說道：

「不只是妳，其他人也一樣。只有那個人能夠解放櫻並木小姐的心。這點佐藤也很清楚吧？」

「…………」

由美子很清楚。她已經明白了。

秋空多次用由美子和千佳的關係來比喻她和乙女的關係。

假如自己陷入和乙女相同的狀況。

在千佳來之前，自己絕對走不出來。

雖然不知道乙女她們後來在休息室裡談了什麼。

但那些絕對都是必要的事情。

然而，即使能夠理解，由美子還是無法完全接受。

會寂寞就是會寂寞，會難過就是會難過。

「別擺出那麼不滿的表情啦。」

坐在旁邊的千佳難得被逗笑了。

她的嗓音十分柔和，臉上掛著可愛的笑容。

千佳將手伸向由美子的頭，輕輕拍了幾下。

「……………………」

看來乙女的表演，也讓她變得非常興奮。她平常絕對不會做出這樣的行為。

雖然也可以推開她的手，但由美子最後還是沒有反抗。

或許是因為覺得感傷吧。

由美子開始思考假如自己陷入和乙女相同的危機。

千佳會不會來拯救自己。

NOW ON AIR!! 第52回

「夕陽與！」

「夜澄的！」

「「高中生廣播！」」

「大家早安，我是夕暮夕陽。」

「大家早安，我是歌種夜澄。」

「這個節目是由碰巧就讀同一間高中，又剛好同班的我們兩人，將教室的氛圍傳遞給各位聽眾的廣播節目。」

「沒錯，事情就是這樣。在此慶賀一週年！這個節目可喜可賀地持續播出了一年！」

「這都是多虧了大家的支持，以及我個人的努力呢。」

「我就直接當作沒聽見吧。呃～雖然滿一週年了，但好像沒有要辦什麼特別的慶祝活動。不如說工作人員們都擺出『咦，才一週年有什麼好慶祝？』的表情……」

「我是原本就沒在期待啦……畢竟這個節目最喜歡壓低預算了……但我還是希望這個節目滿100回時能做點什麼。」

「100回啊……總覺得很難想像呢。到時候，我們該不會已經從高中畢業了吧？」

「那要怎麼辦？更改節目名稱嗎？」

「不如說連這個廣播節目的核心概念，『就讀同一間高中，又剛好同班』的特點都不保了，這才真的是個大問題吧？」

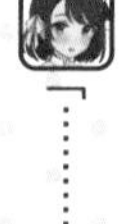
「…………」

「…………」

「…………」

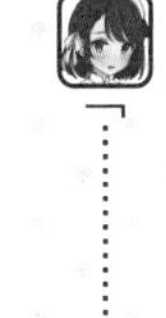

「糟糕，因為真的太不妙，還引發了播出事故。快點結束開頭閒聊的部分吧。今天也收到了許多來信。」

「最近開了太多單元，累積了不少來信。當中也包含了一週年的祝賀信件，一口氣唸完吧。」

「那麼，第一封是化名『全力揮棒三十郎』同學的來信。『夕姬、夜夜，早安。夜澄寫的第二封信，真的讓我嚇了一大跳呢』。」

「明明才剛提到節目滿一週年，結果第一封就是感想信……？別這樣啦……」

「『我也有看DVD，兩位對搭檔懷抱的強烈思緒，讓我感觸良多。我以前一直以為兩位感情很差，看來並非如此呢。』」

「呃……嗯……這時候不能否認吧？啊……是的……」

「『真的很羨慕兩位的關係。這讓我感到非常安心呢！以後也請繼續加油！』……就是這樣的內容。其實，我們收到了很多類似的信件。」

「好像是這樣呢。雖然之前也有收到許多表示『妳們感情好像真的很差，好可怕』的意見，但多虧了之前的單元，現在這類意見已經大幅減少了。」

「很高興大家能夠明白。我們其實很要好。非常要好……我和小夜真的非～常要好喔～？」

「唔哇，嚇我一跳。小夕怎麼突然跑出來了。真可

Next Page!

NOW ON AIR!! 第52回

怕。感覺就像沒打方向燈就直接轉彎一樣。這樣違反道路交通管理處罰條例吧。」

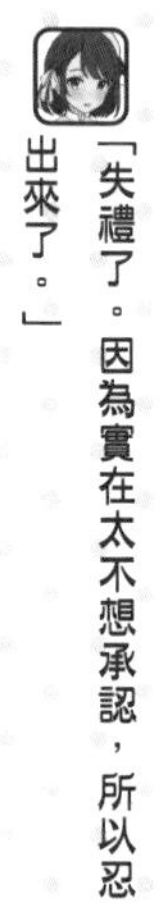

「失禮了。因為實在太不想承認，所以忍不住就跑出來了。」

「怎麼可能像過敏那樣跑出來……？呃～請放心，我和夕真的是心靈相通……我們兩個非常要好！大家要好好記住喔！」

「妳還不是也跑出來了。」

「出來了呢。」

「不如說，既然聽眾們都已經『安心』了，我們應該可以暢所欲言了吧？」

「啊！說得也是！可以直接說出真心話了……呃～我們感情很差。」

「不如說是非常惡劣。只是為了工作才一起合作……嗯，爽快多了。」

「呃～我們還收到了這樣的信。化名『好拿雞肉』同學的來信。『我之前去看小櫻的演唱會時，發現兩位一起坐在公關席！妳們真的很要好呢（笑）』。這傢伙搞什麼啊。」

「加入黑名單吧。」

「贊成～你又再次被加入黑名單了。雞肉，去看演唱會時，不要一直盯著公關席看啦。」

「……不過，我們好像收到了很多這樣的信。說看到我們坐在一起。」

「我是不在意別人擅自認為我們很要好啦……不過，雖然不在意……啊，直接唸下一封信吧。呃～化名『大口灌威士忌』同學的來信……啊。」

這個可以唸嗎？可以嗎？嘿嘿。」

「咦，妳怎麼突然笑了。感覺很噁心耶。可以拜託妳不要一看完信就笑出來嗎？」

「哎呀，嗯。這封信就交給夕唸吧。」

「妳說什麼……是沒關係啦。呃～『夜夜在幻影機兵Phantom中……』好，跳過，下一封……」

「喂！妳好好唸啦！」

「不行，這樣會爆雷啦。爆非常大的雷。我覺得不適合在這個廣播節目上唸。」

「唔、唔……可是……」

「咦？怎麼了？夜很希望我唸出來嗎？雖然這封信是在稱讚夜的演技，但妳希望我就算爆雷也要唸出來嗎？」

「我知道了啦！不用唸了，真是的……咦，小朝加，什麼事？啊～對了！現在不是說這些的時候。其實我們有個大新聞要發表——」

夕陽與夜澄的高中生廣播！
YUHI to YASUMI no KOUKOUSEI RADIO!

to be continued!!!!

後記

各位讀者好久不見。我是二月公。

各位平常會聽聲優廣播嗎？

看過這部作品的讀者，有些人應該會回答「有聽喔！」、「也有寄信過去喔！」吧。

大家應該也隱約察覺到了，我喜歡聽聲優廣播。平常也會寄信過去，所以這次想聊一些關於信的話題。

我以前曾去參加過某場聲優廣播活動，當時發生的事情讓我感到非常意外。

當天登場的聲優，在活動時詢問「在場有人寄信給這個節目過嗎？」，結果只有約一成的人舉手。

我直到當時才第一次知道，原來會寄信給廣播節目的人意外地少。

雖然我本來就是會寄信的那一派，但也想推薦沒寄過信的人試試看。非常有趣喔。

雖然直接聽廣播就能體驗到約二十兆的樂趣，但開始寄信後，樂趣就會提升到約七百兆（個人體驗）。

哎呀，寄信真的很有趣喔。

究竟會不會唸到自己的信呢？每次聽的時候都會緊張又興奮，等聲優準備開始唸下一封信時，都會瞬間繃緊神經。如果自己的信被唸到會非常開心，沒被唸到會有點失望。平常應該沒什麼機會體驗到這種情緒的起伏吧。

我開始養成寄信的習慣後，已經過了好幾年，雖然因為資歷夠深，所以被唸過很多次信，但即使是現在被唸到，還是會非常開心。會開心到忍不住用力拍手，大聲喊出「好耶！」的程度。我是說真的。

思考什麼樣的信比較容易被唸到的過程也很開心，想著「如果是這個節目，寫這樣的信應該會很有效果」並寄出信後，真的被唸到時的喜悅又會更上一層樓。

不如說能讓聲優唸出自己想的文章，是件很不得了的事情吧……？真的有這種事嗎？還真的有呢，這種文化真不得了……太驚人了……

事情就是這樣，大家要不要也來挑戰看看寄信呢？

不過能被唸到的信數量有限，所以請大家不要寫出比我還要有趣的信。

重組世界Rebuild World 1~3〈下〉待續

作者：ナフセ　插畫：吟　世界觀插畫：わいっしゅ　機械設定：cell

予野塚車站遺跡出現數隻超大型怪物，
阿基拉與克也參與討伐任務！

過合成巨蛇、坦克狼蛛、多聯裝砲蝸牛，以及巨人行者——這些怪物由於非比尋常的強度，被獵人辦公室認定為懸賞目標。為了討伐超乎常識的怪物，多位精銳獵人集結。阿基拉與克也同樣參與其中！本集同時收錄未公開短篇〈運氣問題〉！

各 **NT$240~280/HK$80~93**

魔王學院的不適任者~史上最強的魔王始祖，轉生就讀子孫們的學校~ 1~10〈下〉待續

作者：秋　插畫：しずまよしのり

阿諾斯要與迫使歷代世界滅亡的元凶對峙！
現在就將幕後黑手——那個不講理的存在粉碎吧！

謊稱是「世界的意思」的敵人，眼看就要將地上世界籠罩在破滅的烈焰之中。在這種絕望的狀況下，人類、精靈與龍人……過去與阿諾斯敵對、衝突，然後締結友好關係的人們，紛紛趕往迪魯海德的天空救援！第十章〈眾神的蒼穹篇〉堂堂完結！

各 **NT$250~320/HK$83~107**

除了我之外，你不准和別人上演愛情喜劇

6

羽場楽人

插畫：イコモチ

watashi igai
tono
LOVE COME ha
yurusanain
dakarane

Kadokawa Fantastic Novels

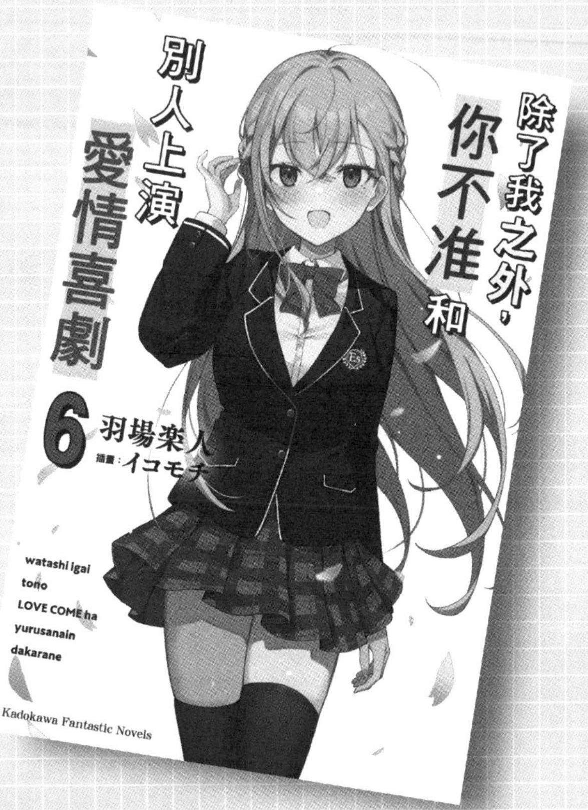

除了我之外，你不准和別人上演愛情喜劇 1~6（完）

作者：羽場楽人　插畫：イコモチ

兩情相悅的兩人遇到最大危機!?
愛情喜劇迎向波瀾萬丈的完結篇！

經過文化祭上的公開求婚，我與夜華成為公認情侶。我們處於幸福的巔峰，然而情況急轉直下。夜華的雙親回國，提議一家人移居美國？夜華當然大力反對，但針對是否赴美的父女爭執持續不斷……只是高中生的我們，難道要被迫分離嗎？

各 **NT$200~270/HK$67~90**

逆井卓馬
Author: TAKUMA SAKAI
[插畫]遠坂あさぎ
Illustrator: ASAGI TOHSAKA
豬肝記得煮熟再吃
(第6次)
Heat the pig liver
the story of a man turned into a pig
Kadokawa Fantastic Novels

豬肝記得煮熟再吃 1~6 待續

Kadokawa Fantastic Novels

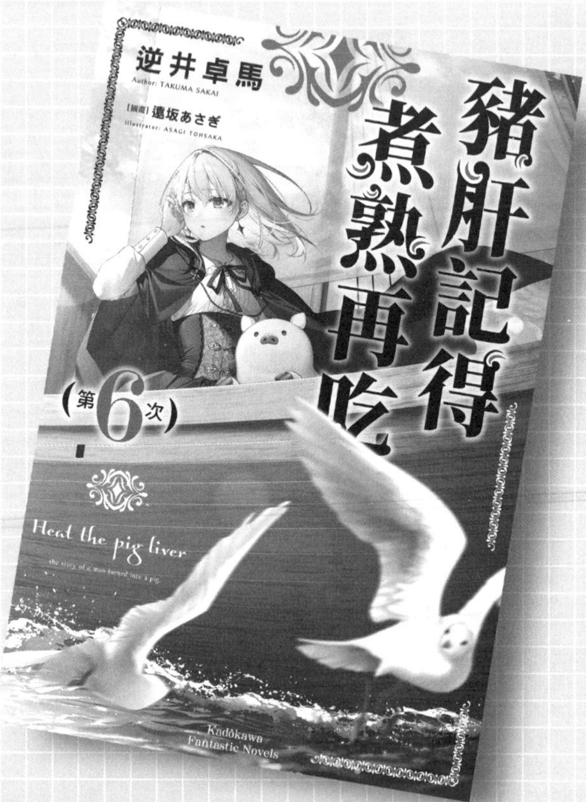

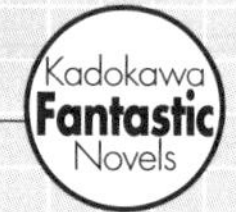

作者：逆井卓馬　插畫：遠坂あさぎ

潔絲化身名偵探？豬與少女接下新委託，
這次也噗噗地來解決事件吧——

終於打倒最凶殘的魔法使，迎接快樂結局！……現實當然沒有這麼順利。與深世界的融合現象引發了一場混亂，課題堆積如山。眾人尋找解放耶穌瑪的關鍵——「最初的項圈」，詭異的連續殺人事件卻阻擋在眼前……

各 **NT$200~250/HK$67~83**

續．魔法科高中的劣等生

魔法人聯社 1~5 待續

作者：佐島 勤　插畫：石田可奈

在聖遺物「指南針」的引導下
達也將前往古代傳說都市「香巴拉」！

從USNA沙斯塔山出土的「指南針」或許是古代高度魔法文明都市香巴拉的引路工具。認為香巴拉遺跡或許位於中亞的達也，前往印度波斯聯邦。此時逃離警方強制搜查的FAIR首領洛基．狄恩卻接見來自大亞聯盟特殊任務部隊「八仙」之一……

各 **NT$200~220/HK$67~73**

男女之間存在純友情嗎？
不，不存在！
七菜なな
插畫／Parum
Flag 4. 不過，我們是摯友對吧？
下
Kadokawa Fantastic Novels

男女之間存在純友情嗎？（不，不存在！） 1~4下 待續

作者：七菜なな　插畫：Parum

悠宇與凜音的獎勵之旅IN東京！
摯友及創作者究竟該選哪一邊呢？

這場瞞著日葵的兩人旅行固然讓人臉紅心跳，悠宇也沒有忘記這一趟還有另外一個目的——那就是從東京的飾品創作者身上得到成長的啟發。正當兩人一再產生誤會時，有人邀請悠宇參加飾品相關的個展，就此演變成悠宇與凜音賭上夢想的夏日大對決！

各 **NT$200~280 / HK$67~93**

異修羅 1～4 待續

作者：珪素　插畫：クレタ

為求真正勇者之榮耀，寶座爭奪戰白熱化！
2021年《這本輕小說真厲害》雙料冠軍！

決定「真正勇者」的六合御覽，接下來輪到第三戰，柳之劍宗次朗對決善變的歐索涅茲瑪。面對一眼就能看出如何殺害對手，身懷連傳說都只能淪落為單純事實之極致劍術的宗次朗，充滿謎團的混獸歐索涅茲瑪所準備的「手段」則是——

各 **NT$280~300/HK$93~100**

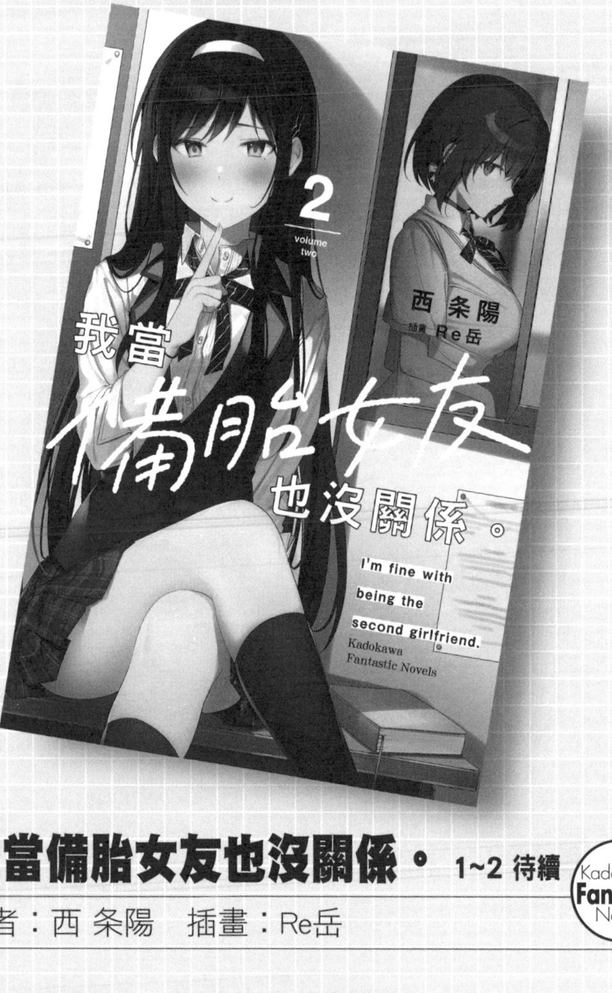

我當備胎女友也沒關係。 1~2 待續

作者：西 条陽　插畫：Re岳

你真正喜歡的，是我還是那女孩？
100%既危險又甜蜜，充滿嫉妒的戀愛泥沼

我瞞著大家，至今仍不停地犯下錯誤。會跟早坂同學一起在夜晚的教室裡做些不可告人的事，或是跟橘同學半夜悄悄跑去陌生的車站接吻。這是我、早坂同學及橘同學一同陷入的甜蜜泥沼。在這段100%既危險又甜蜜，充滿嫉妒的戀愛盡頭等著的是——

各 **NT$270/HK$90**

你喜歡的不是女兒而是我!? 1~5 待續

作者：望公太　插畫：ぎうにう

在好不容易開始交往的兩人前方等待的，
是卿卿我我的同居生活？還是——

我終於和阿巧成功交往，卻必須為了工作單身赴任。下定決心要談一場遠距離戀愛的我隻身來到東京，迎來的卻非遠距離戀愛，而是同居生活？居然這麼突然就要同住一個屋簷下，無論是吃飯還是洗澡……就連臥室也共用一間，這下我們會變成怎樣啦！

各 **NT$220/HK$73**

三角的距離無限趨近零 1~7（完）

作者：岬鷺宮　插畫：Hiten

我愛上的那個女孩體內住著兩個靈魂——
與雙重人格少女譜出的三角戀愛故事。

雙重人格即將結束，意味著「秋玻」與「春珂」其中一方會消失。我和快要喪失界限的兩人一起踏上旅程，前去找尋讓她變成這樣的原因。在旅程的終點，我們得知雙重人格的真相是——還有，我們找到的「答案」究竟是——三角關係戀愛故事堂堂完結。

各 **NT$200~220/HK$67~73**

虛位王權 1~2 待續

Kadokawa Fantastic Novels

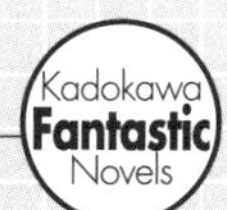

作者：三雲岳斗　插畫：深遊

志在讓日本再次獨立的流亡政府背後，
另有新的龍之巫女與不死者的影子！

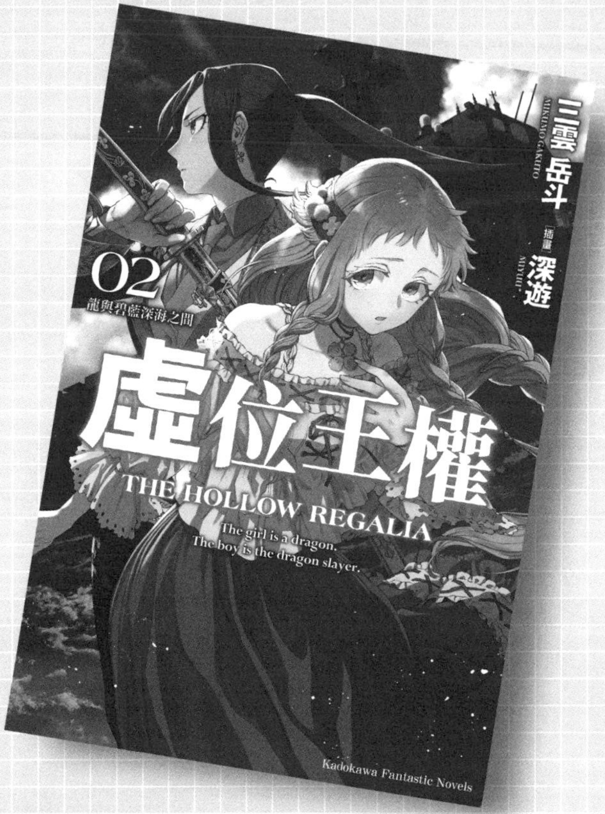

八尋拜訪了橫濱要塞，在那裡等著他的是「沼龍巫女」姬川丹奈，以及不死者湊久樹。彩葉則接到來自歐洲大企業基貝亞公司的合作提案。然而基貝亞公司是日本人流亡政府「日本獨立評議會」的贊助者，其目的在於將彩葉拱為日本再次獨立的象徵——

各 **NT$240~260/HK$80~87**

國家圖書館出版品預行編目資料

聲優廣播的幕前幕後. 4, 夕陽與夜澄想幫上忙?/二月公作 ; 李文軒譯. -- 初版. -- 臺北市 : 臺灣角川股份有限公司, 2023.06

面 ; 公分. -- (Kadokawa fantastic novels)

譯自 : 声優ラジオのウラオモテ. 4, 夕陽とやすみは力になりたい?

ISBN 978-626-352-600-6(平裝)

861.57 112005503

聲優廣播的幕前幕後 4

夕陽與夜澄想幫上忙？

（原著名：声優ラジオのウラオモテ #04 夕陽とやすみは力になりたい？）

2023年6月21日 初版第1刷發行

作者：二月公
插畫：さばみぞれ
譯者：李文軒

發行人：岩崎剛人
總編輯：蔡佩芬
副總編輯：朱哲成
美術設計：吳佳昀
印務：李明修（主任）、張加恩（主任）、張凱棋

發行所：台灣角川股份有限公司
地址：104台北市中山區松江路223號3樓
電話：（02）2515-3000
傳真：（02）2515-0033
網址：www.kadokawa.com.tw
劃撥帳戶：台灣角川股份有限公司
劃撥帳號：19487412
法律顧問：有澤法律事務所
製版：巨茂科技印刷有限公司
ISBN：978-626-352-600-6